Libraire depuis près de trente ans, chroniqueur littéraire et conférencier, **Jean-Luc Aubarbier** *a écrit une quinzaine d'ouvrages historiques et touristiques avant de se lancer dans l'aventure de la fiction. Passionné par l'Histoire et notamment celle des religions, il est l'auteur de quatre romans. Il a connu son premier succès avec* Les Démons de sœur Philomène, *suivi de* L'Honneur des Hautefort, Le Chemin de Jérusalem *et* Le Talisman cathare.

Les Démons de sœur Philomène

Du même auteur

Aimer l'Aveyron
Aimer le Pays cathare
Aimer le Périgord
Chemins de la préhistoire en Périgord
Histoires peu ordinaires à Sarlat
La France des Templiers
Le Chemin de Jérusalem
Le Pays cathare
Les Bastides du Périgord
Les Châteaux du Périgord
Les Sites préhistoriques du Périgord
Les Sites templiers de France
Le Talisman cathare
L'Honneur des Hautefort
Périgord Noir
Sarlat, ville d'art et d'histoire
Sarlat, histoire et légendes

Imprimé en U. E. en avril 2011
Dépôt légal : mai 2011
ISBN : 978-2-8129-0282-6

Jean-Luc Aubarbier

Les Démons de sœur Philomène

De Borée
Terre de poche

I

DES ÉCLATS DE VOIX ébranlèrent les murs de la sacristie.

– Dépêchez-vous, dépêchez-vous, nous allons être en retard ! Qu'est-ce que tu fais à traîner là, toi ? Apporte-moi ma chasuble ! Mais non, pas l'habit violet ! Le blanc. Qu'est-ce que je vous ai appris au catéchisme, espèces d'ânes ! Cessez de vous chamailler et dépêchez-vous !

On entendit le bruit d'une gifle. Philippe sourit : Robert était encore en train de martyriser les enfants de chœur. Mais il avait beau les bousculer et leur botter les fesses, les gamins l'adoraient. Il était toujours là pour leur donner une explication supplémentaire, ou pour s'intéresser à leurs problèmes personnels, et là aussi pour participer à leurs jeux ou les entraîner vers le terrain de sports. Philippe connaissait Robert par cœur, son respect minutieux du rite, son impatience et son angoisse avant toutes les grandes cérémonies.

À son tour, Philippe endossa les habits sacerdotaux. D'abord l'aube immaculée, resserrée à la taille par un cordon qui délimitait en lui l'humain supérieur et l'animal inférieur, puis l'étole, insigne de la force du sacerdoce. La chasuble, enfin, la « petite maison » qui évoquait la tente du désert, aux temps des Hébreux, et dont la couleur blanche indiquait la fin de l'Avent et disait la pureté de l'Enfant à venir.

Noël 1942, le quatrième Noël de guerre ! Le premier avec les Allemands dans la ville ! La cathédrale Saint-Front faisait le plein ; la nef, les transepts, les bas-côtés et même les allées étaient bondés malgré l'heure tardive. En ces temps de rationnement alimentaire, de privation de liberté et de froid, les Périgourdins avaient attendu la messe de minuit comme un moment de trêve, un instant suspendu au-dessus du malheur, et même la secrète promesse d'un avenir.

Car ce Noël était pire que les autres. Comme s'il ne suffisait pas des tickets de rationnement et de la mise à sac du pays par les doryphores, depuis l'invasion de la zone Sud et le débarquement américain en Afrique du Nord, c'en était fini des approvisionnements qui parvenaient du continent noir, lointain paradis où coulaient le lait et le miel, à travers un blocus anglais indulgent. Plus de fruits ni de légumes, plus de viande ni de céréales depuis un mois ! Le réveillon 1942, c'étaient les Boches et plus de bananes !

La vieille église rutilait pourtant de tous ses ors ; ses boiseries, qu'on avait cirées le jour même, embaumaient, et cela aussi c'était du miel. Mgr Berteaux, l'évêque de Périgueux, voulait que ses paroissiens retrouvent dans leur cathédrale le goût de la grandeur qu'ils avaient perdu dans leur vie quotidienne, s'ils l'avaient jamais eu. Malgré l'occupation étrangère, la France éternelle, fille aînée de l'Église, devait garder la tête haute. Pari gagné : les fidèles s'engouffraient en masse sous la lourde carapace de pierre, passaient sous le haut clocher pointé vers les étoiles du lendemain, progressaient sous la rondeur des voûtes, entre les carrés délimités par les piliers aériens, improbable quadrature du cercle qui semblait vouloir se poser en réponse à l'incohérence du monde.

Les cinq prêtres s'avancèrent dans la nef vers l'orient obscur où luisait une timide lumière rouge. Mgr Berteaux cocélébrait la messe avec Mgr Munch, l'évêque de Strasbourg, réfugié à Périgueux depuis la « drôle de guerre » de 1940. Ils seraient assistés du chanoine Bourmont, de Robert Vautier et Philippe de Vassal, et d'une nuée d'enfants de chœur, quand ceux-ci auraient fini de se « chamailler », comme disait Robert.

Un homme vêtu de noir s'avança jusqu'au pied de l'autel. Tous le reconnurent : c'était Louis Lacaze, le cordonnier. Les Périgourdins se moquaient souvent de lui en se demandant comment, lui si petit, avait pu faire sept grands et beaux enfants à sa femme, elle-même grande et belle. Ils avaient aussi découvert son violon d'Ingres lorsqu'il avait entonné, de sa belle voix profonde, « Maréchal, nous voilà », pour célébrer la venue du général Laure, en avril de l'année précédente. Ce jour-là, Périgueux avait réservé un accueil triomphal au délégué du maréchal Pétain.

Les paroles du chant sacré s'élevèrent, amplifiées par les voûtes :

– Minuit, chrétiens, c'est l'heure solennelle où l'homme-Dieu descendit jusqu'à nous...

Un air plus léger, comme aspiré vers le haut, monta dans la cathédrale.

– ... pour effacer la tache originelle et de son Père arrêter le courroux. Le monde entier tressaille d'espérance à cette nuit qui lui donne un Sauveur. Peuple à genoux, attends ta délivrance.

Dans la foule immobile, on percevait comme un ample battement de cœur, une pulsation, la mise en mouvement d'un mécanisme secret.

– Noël, Noël, voici le Rédempteur.

La voix s'amplifia encore, emplissant l'église tout entière comme une matière souple et palpable.

– Le Rédempteur a brisé nos entraves, la terre est libre et le ciel est ouvert. Il voit un frère où n'était qu'un esclave...

Robert tressaillit et leva la tête. Les mots entraient en lui comme une révélation, l'habitaient comme un impérieux devoir.

– Il lui dira notre reconnaissance ; c'est pour nous tous qu'il naît et souffre et meurt. Peuple debout, chante ta délivrance ! Noël,

Noël, chantons le Rédempteur. Peuple debout, chante ta délivrance...

Robert contemplait l'assistance : avaient-ils ressenti la même chose que lui, ces hommes fatigués, las d'une situation devant laquelle ils se sentaient impuissants, ces femmes qui avaient revêtu pour la circonstance leurs robes et leurs manteaux d'avant la guerre, ces bigotes et ces bien-pensants qui abandonnaient à d'autres leur liberté d'opinion et le choix de leur morale, ces jeunes qui voyaient surtout dans la messe la possibilité de se réunir qu'on leur refusait ailleurs et, dans le fond de la nef, ces quelques soldats allemands en uniforme, de ceux qui avaient investi Périgueux deux semaines auparavant, après le débarquement allié au Maroc ? Les Périgourdins les laissaient à l'écart, comme des pestiférés, comme si une invisible barrière, une fragile et hypothétique ligne de démarcation les séparait d'eux. Même le gros Willy, de la Gestapo, était là, qui faisait des heures supplémentaires.

La cérémonie se poursuivait. Peuple à genoux ! L'assemblée s'effondrait sur les prie-Dieu, prosternée, le visage dans les mains. Peuple debout ! Les semelles de bois raclaient les dalles usées, les corps se redressaient dans un effort qui semblait repousser les voûtes ; le clocher devenait une flèche décochée par l'assistance en direction de l'aigle nazi.

Robert ne prêta pas attention à Mgr Berteaux lorsque celui-ci gravit les marches de la haute chaire sculptée. Selon son habitude, son sermon fut plat, conforme à la doctrine officielle ; il semblait n'avoir rien perçu de l'étrange phénomène qui avait frappé Robert, de cette incarnation de l'idée de liberté dans un lieu et un peuple. Il n'avait pas remarqué cette descente de l'Esprit. Les paroles du prélat appelaient au repentir, à la contrition, à l'obéissance. On aurait cru entendre les vœux du Maréchal à la radio : les Français devaient méditer sur les raisons de leurs malheurs et recommencer à s'aimer.

Philippe remarqua la distraction de Robert. Lui toujours si méticuleux, il oubliait les répons et exécutait ses gestes en retard, sous l'œil interrogateur, et bientôt goguenard, de l'enfant de chœur qu'il avait rabroué plus tôt. N'avait-on pas appris au jeune garçon que c'était un péché d'avoir des distractions pendant la messe, et qu'il fallait s'en confesser ? Mais à qui se confessait monsieur le curé ?

L'office s'acheva avec l'*Ite Missa Est* ; Mgr Berteaux bénit l'assemblée des fidèles qui se dispersa. Robert tint à féliciter Louis Lacaze pour sa remarquable interprétation, et commenta les paroles d'espoir et de liberté du cantique, c'était comme s'il les avait entendues pour la première fois.

– Dangereuses idées, marmonna le chanoine Bourmont. Et comment cet Adolphe Adam a-t-il pu composer de la musique chrétienne avec un nom pareil ? C'est sûrement un juif !

– Un converti, probablement, glissa prudemment Philippe en surprenant le regard de Robert.

C'était le regard même de la colère.

II

PHILIPPE ET ROBERT s'étaient connus au séminaire, quelques années avant la guerre. Ils avaient tout de suite été amis, une de ces amitiés que nourrissent et amplifient les différences. Et de fait, on ne pouvait imaginer deux êtres plus dissemblables.

Robert était né dans une famille de paysans très pauvres des environs de Thiviers. Dernier d'une famille de six enfants, il avait à peine connu son père, Antoine Vautier, tué à Verdun. Il n'en avait aucun souvenir : quelques photos, celles de son mariage, celles, en uniforme, de son départ à l'armée, et les histoires embellies que lui racontait sa mère. Ladite mère se méfiait beaucoup de « l'école sans Dieu », et les frères et sœurs du garçon, d'ailleurs peu faits pour les études, n'avaient que de loin en loin fréquenté l'école laïque, pourtant obligatoire. Robert, lui, était doué, et sa vive intelligence, son esprit pratique avaient vite attiré l'attention du prêtre du village qui flairait en lui une recrue de choix pour « la lutte des classes ». L'expression était de Robert et amusait beaucoup Philippe.

Robert avait avoué à son ami que, jusqu'à son entrée au séminaire, sa foi n'avait guère dépassé celle du charbonnier. Philippe l'avait traité d'opportuniste. Pourquoi avait-il suivi cette voie, s'il avait aussi peu de conviction ? Avec ses qualités, il aurait pu facilement obtenir une bourse et poursuivre ses études. Mais, même avec l'aide de l'État, la mère de Robert était trop pauvre pour en faire un étudiant. Personne n'avait jamais eu de diplôme dans sa famille, et d'ailleurs les études, ce n'était pas un travail.

Bref, Robert s'était senti redevable envers ces prêtres qui s'étaient occupés de lui, l'avaient aidé à s'arracher à la gangue familiale et à la boue de la ferme pour laquelle il n'avait aucune attirance. Ses liens avec les siens s'étaient distendus, il ne voyait plus guère ses frères et sœurs, il les englobait dans l'affection universelle que le prêtre doit porter à ses ouailles, ils n'étaient plus du même monde. Aux liens de la terre et du sang, il avait préféré ceux de l'Église, et même là, il avait très vite trouvé à exercer sa liberté. La foi était venue en surcroît, avec le travail, l'étude et la réflexion. Mais Robert était un homme entier, sa foi n'en était pas moins ardente et conquérante ; c'était la foi du converti.

Même physiquement, Robert ne ressemblait pas aux paysans périgourdins. Très grand, très blond, il s'était souvent fait traiter de « Boche » par ses camarades. Souvent, mais jamais longtemps car son irritabilité était à la hauteur de sa force physique ; les coups partaient vite, allaient loin. Élevé dans le culte d'un père mort à la guerre, Robert était un violent, et un violent qui remportait tous ses combats. Il avait trouvé à satisfaire son énergie dans le sport, le rugby surtout, qui convenait à sa musculature de géant et à son goût de l'effort individuel dans un cadre collectif. Son premier entraîneur, un vieux curé, traitait indistinctement de « Prussiens » tous les adversaires de son équipe et il invitait les jeunes garçons à ne pas faire de quartier. Plus tard, Robert avait fait les beaux jours du maillot rouge et blanc de Thiviers, où il jouait troisième ligne.

Au collège, puis au séminaire, son inclination le portait davantage vers les sciences et les techniques que vers les lettres. La biologie, les sciences de l'homme, le passionnaient. Il avait eu le bonheur d'être pris en sympathie par l'abbé Breuil, chef de file de la toute nouvelle science préhistorique. Pour des raisons idéologiques opposées, curés et instituteurs parcouraient les innombrables sites du Périgord, à la recherche du premier homme, chaînon manquant pour les uns, Adam pour les autres, et rivalisaient de théories obscures et balbutiantes. Plusieurs fois, le célèbre abbé avait entraîné Robert dans de profondes cavités où, à la lueur d'une lampe à carbure, ils avaient tenté de déchiffrer les signes et les dessins « païens », premières traces d'une religion ancienne qui renvoyait dos à dos l'Égypte et l'Assyrie, sous l'œil indifférent des paysans, propriétaires des lieux, qui gardaient pour eux leurs propres opinions. En 1940, le savant avait conduit Robert et Philippe jusqu'à Montignac, où quatre enfants venaient de découvrir, sur la colline de Lascaux, une grotte merveilleusement ornée. Breuil l'avait aussitôt surnommée « la chapelle Sixtine de la Préhistoire » ; Robert, qui n'était jamais allé à Rome, fut saisi d'une émotion sacrée.

Bricoleur habile, Robert était capable de réparer seul la vieille automobile du séminaire, ou de remettre en état le système électrique défectueux. Dans la presse quotidienne, il suivait avec enthousiasme l'épopée des Mermoz, Guillaumet et autres Saint-Exupéry. Il enviait ces hommes qui tutoyaient le ciel et affrontaient les éléments. N'étaient-ce pas eux, les saints modernes ? Faute de pouvoir les imiter, il suivit une formation d'infirmier. Plus fortuné, il eût été médecin. Robert était, de toute évidence, le plus brillant élève du séminaire. Le plus brillant avec Philippe.

Tout près de Sarlat, le petit château familial des Vassal, bâti au milieu d'un grand parc, semblait un morceau de paradis détaché sur la terre. Depuis 1940, la mère de Philippe dirigeait la maison d'une main ferme et douce. Son fils aîné, fait prisonnier lors de l'offensive allemande, était détenu dans un oflag en Silésie. Sa fille, mariée, habitait en ville. Quant à son mari, haut fonctionnaire du gouvernement de Vichy, il résidait la plupart du temps à Paris, ce qui arrangeait plutôt Philippe. S'il admirait la culture et l'honnêteté de son père, le jeune homme désapprouvait ses choix. Depuis des générations, la famille de Vassal était germanophone et germanophile. Philippe lui-même avait passé deux années d'études en Bavière. Contrairement à Robert, Philippe s'était toujours senti attiré par l'Église. Il en aimait le style, la pompe et les mystères. C'était bien par choix personnel, et non pas en tant que cadet d'une famille noble, comme aux siècles passés, qu'il avait décidé d'entrer dans les ordres.

– Tu finiras cardinal, ou même pape, lui disait Robert en riant.

Philippe, lui, se contentait de sourire. Le petit prince du Périgord se voyait bien, en effet, prince de l'Église. De taille moyenne, mince, brun, les traits fins, Philippe portait avec élégance l'habit le plus ordinaire, la simple soutane comme la tenue chargée d'or des grandes cérémonies. Son goût des lettres et de la philosophie l'avait conduit tout naturellement vers le professorat. Redoutable lecteur, il s'était construit une solide culture en progressant à livre ouvert, sans aucune autre censure que celle de son intuition. Il mêlait, en un canevas cohérent, la littérature, la philosophie et l'histoire. Si Robert se délectait des exploits des aviateurs, Philippe explorait la pensée d'un Saint-Exupéry. Les deux amis se retrouvaient dans l'étude de la Bible dont ils tentaient de démêler, sans le garde-fou d'un directeur de conscience, la part de vérité objective et celle de la mythologie. Le livre sacré constituait pour eux un vaste mystère qui restait à déchiffrer, un code particulier à travers lequel Dieu s'adressait aux hommes.

Au sein de la vénérable institution jésuite Saint-Michel, à Périgueux, Philippe tentait de conduire les jeunes âmes jusqu'au baccalauréat, en leur enseignant Corneille et Lamartine, saint Thomas d'Aquin et Fénelon. Ce fut lui qui présenta Robert à son directeur qui cherchait quelqu'un de confiance pour s'occuper de l'infirmerie. L'exode de 1940 et l'instauration d'une ligne de démarcation toute proche avaient contribué à remplir les classes et, dans les cours de récréation, résonnaient les accents les plus divers et se constituaient d'étranges tribus linguistiques où se mélangeaient et parfois s'affrontaient les patois occitan, alsacien ou lorrain.

Les vieux bâtiments de l'institution Saint-Michel se dressaient un peu au-dessus de la ville, route de Paris, dans le quartier des écoles. Ses austères façades s'élevaient sur deux étages, et le plan de l'immeuble permettait de séparer les enfants selon les âges. Les salles de classe se trouvaient au rez-de-chaussée, les bureaux et l'administration au premier étage, et les dortoirs au second. Le collège abritait une chapelle pour l'édification des âmes, et une vaste bibliothèque pour celle des intelligences. Celle-ci recelait des trésors de livres anciens et un Enfer où les lecteurs dûment autorisés pouvaient consulter les livres condamnés, car il fallait connaître ce que l'on combattait. Les nazis considéraient les jésuites comme aussi dangereux que les communistes. Derrière son aspect vieillot et poussiéreux, l'institution Saint-Michel assurait une instruction de qualité et une éducation hors pair.

III

À LA DÉCLARATION DE GUERRE, en 1939, les deux amis prirent une décision identique. Robert, élevé dans la haine du « Boche », demanda à s'engager comme infirmier, le plus près possible du front. Philippe, lui, voulait être aumônier des armées. La montée vers la guerre leur avait laissé un sentiment pénible. Il semblait que les mots n'avaient pas le même sens de part et d'autre du Rhin. En France, en Grande-Bretagne, on ne pensait qu'à sauver la paix. 14-18 avait été la « der des der » ; « Plus jamais ça », disaient les anciens combattants qui redoutaient de voir leurs enfants souffrir et mourir comme eux dans les tranchées, seuls et désespérés. Philippe militait ardemment pour la paix, et Robert violemment pour l'intervention militaire en Rhénanie et en Tchécoslovaquie. L'affaire espagnole fut encore plus difficile. La France était à nouveau partagée, incapable de prendre une décision, négligeant toujours son propre réarmement. L'Église était fermement opposée à tout soutien d'un régime communiste qui massacrait les prêtres et les religieuses. Robert entraîna Philippe dans la défense de la République espagnole, au nom du respect de la démocratie, mais ils n'allèrent pas jusqu'à s'engager dans les Brigades internationales, ce chaleureux sourire de Staline à l'Occident.

Ils aidèrent de leur mieux les réfugiés ibériques à quitter les camps de concentration où les parquait la République française, pour s'installer massivement en Périgord. Une cohorte de gens au teint basané et portant leur maigre bagage, de belles femmes brunes, des combattants désarmés, la révolte dans le regard, prirent le chemin de la Dordogne, région isolée qui n'avait pas connu pareil afflux d'étrangers depuis longtemps.

La « drôle de guerre » fut une période d'indécision qu'ils passèrent en démarches administratives. On tenta de les dissuader : les prêtres étaient plus à leur place dans leur diocèse que sur le front. De toute façon, Hitler avait fait Verdun, il craignait l'armée française et connaissait la valeur des « poilus ». Et puis, il y avait la ligne Maginot. Le désastre de 1940 ne leur laissa pas le temps de revêtir l'uniforme. La France était sous le choc, et eux toujours à Périgueux.

La vie en zone libre ressemblait à une interminable attente. Les deux jeunes gens oscillaient entre le désespoir de devoir vivre dans un monde nazifié et la croyance obscure que tout cela prendrait fin un jour.

Absolument hostile au nazisme, Philippe pensait que, malgré tout, le maréchal Pétain faisait ce qu'il pouvait pour soulager son pays. Il restait encore prisonnier du cocon familial. La position de son père, un homme du Maréchal, et qui fréquentait les Allemands, le gênait, lui faisait honte, fonctionnant aussi comme un frein. De toutes ses forces, il voulait croire au bouclier du vieux chef protégeant son peuple.

Robert, lui, rongeait son frein et ne décolérait pas. Il n'acceptait ni l'occupation allemande, ni la politique de collaboration de Vichy, et pas davantage l'attitude équivoque de l'Église. « Pas équivoque, précisait-il, lâche. » S'il respectait si scrupuleusement les rites et les textes du canon ecclésiastique, c'était en fait pour s'autoriser de plus grandes libertés avec une hiérarchie qu'il récusait.

– Pour grands que soient les papes, ils sont ce que nous sommes, et peuvent se tromper comme les autres hommes, disait-il, parodiant Corneille. Quand on n'a que la force de l'Esprit à opposer aux blindés et aux stukas, quand on est le vicaire du Christ, on n'a le droit ni à la moindre hésitation ni à l'erreur, et encore moins au plus petit compromis. Si être pape, c'est s'enfermer dans un silence coupable, alors cette fonction est inutile. Un pape ne peut être neutre, comme un banquier suisse. Et puisque Pie XII a renié le Christ bien plus de trois fois, la voix de l'Église s'est tue, chacun doit chercher son chemin.

Philippe lui reprochait de courir au martyre mais reconnaissait que, de son côté, il devait avaler pas mal de couleuvres. Les lois antisémites de Vichy, promulguées dans l'indifférence générale après le choc de la défaite, lui restaient sur l'estomac. Mais plus encore, le nazisme lui glaçait le sang, et il savait de quoi il parlait. Il séjournait en Allemagne au moment de l'avènement de Hitler. Lui, nourri de Goethe, Kant et Hölderlin, ne reconnaissait plus cette grande culture qui mariait si bien le romantisme le plus effréné et la raison philosophique la plus profonde. Le génie allemand avait été écrasé par le rouleau compresseur de la pensée totalitaire. Philippe avait voulu comprendre ; il s'était plongé dans la lecture de *Mein Kampf*, des écrits racistes de Chamberlain et du *Mythe du XXe siècle* de Rosenberg. La vérité lui avait sauté au visage. Une vision religieuse de pacotille appliquée avec la rigueur de l'esprit scientifique, la raison mise au service de la superstition, les bas-fonds de la psychologie des profondeurs étalés au grand jour et érigés en modèle : c'était ça, le nazisme. Ça et la terreur, ça et la guerre. Il suffisait de lire, tout était écrit. Ces gens-là haïssaient les chrétiens, et en particulier les catholiques, tout autant que les juifs. Ils voulaient les voir disparaître, les transformer en autre chose... Ils voulaient aryaniser le Christ.

Robert avait du mal à imaginer un Jésus travesti en surhomme teuton. Philippe lui expliqua :

– C'est comme une plante que l'on bouture. Ils veulent greffer sur la culture chrétienne le surgeon monstrueux d'une société où la race, le sang, la violence sont les seules valeurs. Il suffit de couper les racines juives du christianisme. Les juifs ne sont pas aussi nombreux que les chrétiens. Ils l'ont dit, ils le feront : ils tueront les juifs jusqu'au dernier. Rappelle-toi ce qu'écrivait Heinrich Heine, il y a cent ans.

Philippe se leva, alla prendre dans la bibliothèque un livre dont la page était marquée, et lut.

– Le christianisme a adouci jusqu'à un certain point cette brutale ardeur batailleuse des Germains, mais il n'a pu la détruire, et quand la croix, ce talisman, viendra à se briser, alors débordera à nouveau la férocité des anciens combattants... les vieilles divinités se lèveront de leurs tombeaux... Thor se dressera avec son marteau gigantesque et démolira les cathédrales gothiques.

Vision prophétique d'un juif converti au christianisme.

La famille Vassal choisissait mal ses alliances. Elle était autant italophile qu'attachée aux valeurs de l'Allemagne. Mais chez ces grands serviteurs de l'État, on ne faisait pas véritablement de politique, c'était bon pour le café du Commerce. On raisonnait par grandes masses, à grande échelle, en termes de tradition, de génie des races, et on faisait comme si l'Italie de Mussolini était la même que celle de Michel-Ange, l'Allemagne de Hitler celle de Beethoven. Les Vassal étaient fidèles à un monde qui n'existait plus et prêtaient à des hommes dénaturés les vertus de leurs ancêtres.

Lors d'un séjour à Rome, peu de temps avant la déclaration de guerre, Philippe avait noué d'étroites relations avec deux ou trois cardinaux, membres influents de la Curie, mais trop peu nombreux, qui n'approuvaient pas la prudence du Saint-Père dans ses condamnations du totalitarisme. La disparition de Pie XI, de qui ils espéraient une condamnation ferme de l'hitlérisme et l'excommunication de tous les catholiques qui lui apporteraient leur soutien, et son remplacement par le pâle Pie XII, grand admirateur de l'Allemagne, renforcèrent leur volonté d'action. Leur réseau récoltait de précieuses et terrifiantes informations. N'étant en guerre avec personne, envoyant dans chaque pays des nonces apostoliques qui circulaient librement, possédant en chaque prêtre un agent enquêteur, le Vatican fut, tout au long de cette période, le pays le mieux renseigné du monde. Alors que certains dirigeants alliés pouvaient croire à la manipulation, il savait le martyre des juifs, qui mouraient à Dachau bien avant le début du conflit. L'Église connaissait l'horreur organisée d'Auschwitz, de Treblinka et d'ailleurs, les massacres de gitans et de slaves, les cobayes humains et le sadisme laissé en libre cours. Elle savait mais elle se taisait. Elle avait renoncé à la défense de l'esprit, pour faire de la politique, cette politique que les Vassal affectaient tant de mépriser. Qu'adviendrait-il des catholiques si elle prenait la défense des juifs ? Hitler n'était-il pas préférable à Staline ? En Slovaquie, le gouvernement mis en place par les nazis était dirigé par un évêque de Rome.

Dans son travail souterrain, le réseau de prêtres et de prélats accumulait les témoignages sur les barbaries nazies. Réduits au silence par la censure, ils étaient la mémoire vivante des événements cachés du siècle. Philippe de Vassal était des leurs. Il tentait d'influer sur le cours de l'Histoire à l'intérieur de sa fonction, sans désobéir à sa hiérarchie ni se départir de lui-même, fût-ce de l'épaisseur d'un ongle. Avec Robert Vautier, il fut parmi les premiers à procurer aux juifs étrangers, réfugiés en Périgord, de faux certificats de baptême, à vérifier que l'aide du secours national leur parvienne effectivement et à intervenir, par la parole et le prêche, pour que leur droit à la dignité soit préservé.

Mais c'est durant l'été 1942 qu'il prit le véritable tournant. Bousquet, le chef de la police de Vichy, venait d'autoriser la déportation des juifs étrangers résidant en zone libre. Philippe se démena comme un beau diable. Le préfet de la Dordogne lui servit un discours lénifiant et l'assura qu'il ferait de son mieux, Mgr Berteaux tenta de l'apaiser, l'exhorta à la prière. Il rencontra même le délégué de la Gestapo, Dannecker, qui le félicita pour sa parfaite maîtrise de l'allemand, lui accorda qu'on pourrait épargner quelques « juifs convenables », avant de lui rappeler que le déplacement de la population de Strasbourg vers Périgueux avait fait de la région la capitale de la juiverie et qu'il devait en tirer les conséquences. Philippe et Robert tentèrent de prévenir les familles juives de la capitale périgourdine, mais la vue de leur soutane provoquait une immédiate méfiance. Ils ne surent jamais si leur engagement avait servi à quelque chose, mais lors des rafles des 26 et 28 août, le préfet et la police ne firent pas d'excès de zèle et n'obtinrent que de maigres résultats.

Un jour du début octobre, les habitants de la place Bugeaud furent réveillés par une explosion : le kiosque de la Légion française des combattants venait de sauter. C'était la première action significative de ceux qu'on allait bientôt appeler les « résistants », que les nazis nommaient « terroristes » et la propagande de Vichy, « des brigands à la solde des communistes et des juifs ». Un mois plus tard, l'armée allemande envahissait la zone Sud et la division SS « Tête de mort » investissait Périgueux. La Gestapo s'installa à l'hôtel du Commerce dont elle réquisitionna les meilleures chambres, bousculant les employés, avant d'occuper tout le premier étage des bâtiments du Crédit Lyonnais, place du Maréchal-Pétain. Dans les jours qui suivirent, ses espions se répandirent dans la ville ; les cafés de Périgueux ne tardèrent pas à connaître un nouvel habitué, Willy Birkenfeld, soi-disant citoyen helvétique, qui posait beaucoup de questions.

Quelques jours après la Noël 1942, dans une église redevenue déserte, Robert s'occupait à arranger des fleurs dans la chapelle de Sainte-Thérèse ; c'était un prénom très doux, Thérèse, un nom pour la paix. En face de lui, la statue victorieuse de Jeanne d'Arc, autour de lui, l'édifice byzantin, évocateur des croisades, l'invitaient à l'action. Comme il allait se retirer, un inconnu, élégamment vêtu, avec quelque chose de militaire dans le maintien, se dirigea vers lui et demanda à se confesser. Massif, un peu trapu, il donnait une impression de solidité. Arborant une fine moustache et des cheveux courts grisonnants, coiffés en brosse, il devait avoir la cinquantaine et la portait avec énergie. Robert le conduisit vers l'un des cinq confessionnaux situés au fond de la nef. L'homme semblait à l'aise, il était visiblement habitué au cérémonial, et parlait facilement. Il avait fait la guerre, il avait dû tuer, et cela le tourmentait. Mais Robert n'entendait pas ce tourment dans la voix de l'homme, et il eut très vite le sentiment qu'il s'agissait d'autre chose. Et de fait, progressivement, le ton changea ; l'homme ne se confessait plus, il posait des questions : avait-on le droit de désobéir au gouvernement légitime de son pays si votre conscience l'exigeait ? Pouvait-on de sa propre initiative choisir la voie de la violence pour rétablir la justice ? Y avait-il des limites au combat contre le mal ? Quelles étaient ces limites ?

Robert éprouvait une espèce de malaise ; il lui semblait que les arguments habituels de l'Église, ceux qu'il devait fournir, ne cadraient pas avec ses propres convictions. Ses réponses étaient maladroites, contradictoires, mais il ne pouvait pas ne pas répondre. Peu à peu, il apparaissait que c'était lui qui se confiait, et l'homme qui le confessait. Et quand l'inconnu proposa qu'ils se revoient, il ne put qu'accepter.

« J'aurai bientôt quelques services à vous demander, lui dit l'homme en partant. Je suis le commandant Masclat. »

IV

Pour leur deuxième rencontre, ils avaient choisi un bistrot discret dans le centre-ville. Ils s'attablèrent devant un ersatz de café sans sucre. Les vitres étaient embuées par le froid ; dehors, sur la place du Marché-au-Bois, les jeunes gens des classes 42 et 43 piétinaient pour se réchauffer. En rangs serrés, ils venaient se faire inscrire au Service du travail obligatoire : envoyer les jeunes en Allemagne, c'était tout ce que Laval avait trouvé pour tenter de récupérer les centaines de milliers de prisonniers qui croupissaient dans les stalags.

Le commandant Masclat expliqua à Robert ce qu'il attendait de lui.

– Vous allez accueillir trois nouveaux élèves dans votre collège. J'assumerai les frais de leurs études.

Robert acquiesça, attendant la suite.

– Il y a un problème : les enfants ne parlent pratiquement pas le français. Juste... une sorte d'allemand.

– Des Alsaciens ?

– Non, des juifs polonais.

Robert resta un moment silencieux. Ce n'était pas qu'il hésitât, il cherchait déjà une solution.

– Mon ami Philippe de Vassal parle couramment l'allemand, dit-il enfin. Il saura s'y prendre avec les gamins.

– Je le connais, répondit Masclat, j'ai pris des renseignements sur lui. Son père est un homme de Vichy. N'est-ce pas risqué ? Nous ne pouvons pas mettre la vie des enfants en danger. Vous répondez de lui ?

– Comme de moi-même.

Masclat hocha gravement la tête et Robert comprit que plus rien ne serait pareil désormais, qu'il venait d'entrer dans un monde nouveau.

Dès les premières rumeurs de guerre, il avait été décidé d'évacuer la population du Bas-Rhin vers le Périgord pour lui épargner les horreurs des combats et la voracité allemande. La boucherie de 14-18 avait laissé des traces dans les mémoires. Début septembre 1939, les habitants de Périgueux virent donc descendre des trains bondés des cohortes d'hommes, de femmes et d'enfants épuisés, portant de lourds bagages. Les quais de la gare disparaissaient sous cet immense déménagement. Strasbourg, son administration et son évêque s'installaient dans la préfecture de la Dordogne. La mairie et la Trésorerie générale prirent leurs quartiers à la chambre de commerce ; l'état civil, à la Bourse du travail ; la police, au café de Paris et l'hôpital civil à la cité de Clairvivre. Quant à la population, elle se répartit comme elle put dans les habitations réquisitionnées ou mises à la disposition des réfugiés par les Périgourdins. Dès leur descente du wagon, tout leur sembla plus petit, plus étriqué, habitués qu'ils étaient à leur capitale rhénane. Les coupoles byzantines de la cathédrale qui se réfléchissaient dans les eaux vertes de l'Isle, les maisons de pierres blanches leur parurent merveilleusement et désespérément exotiques. Il flottait dans les rues, sur les collines que la ville grignotait déjà, comme un air de Midi.

La confrontation entre gens du Sud et de l'Est ne se fit pas sans heurts. Les premiers élans de solidarité et de compassion furent vite freinés par les rigueurs du régime de guerre et par l'étrangeté des arrivants. Habitués au confort d'une vie citadine, les Alsaciens faisaient la grimace devant les rudes conditions d'hébergement en Périgord : maisons sans chauffage, sans commodités, parfois sans eau courante ; les Périgourdins vivaient encore aux temps préhistoriques. Lorsqu'ils demandaient les water-closets, ils étaient désagréablement surpris qu'on les conduisît au « cagadou », une cabane malodorante au fond du jardin, où l'on ne savait pas trop où poser les pieds. La douche et la baignoire étaient encore des objets de luxe pour les gens de la Dordogne ; pour la grande toilette, on utilisait le tub ou, plus souvent encore, la bassine à lessive. Et puis les meilleures habitations étaient déjà prises, la population locale les gardait pour son usage personnel. C'était déjà bien beau pour des réfugiés d'avoir un toit sur la tête...

De leur côté, les Périgourdins découvraient avec effroi que ces émigrés, ces Alsaciens bleu-blanc-rouge, fiers symboles de la patrie depuis près d'un siècle, vers lesquels ils s'étaient tournés quotidiennement, entre 1870 et 1918, avec aux lèvres une sorte de prière, un « l'an prochain à Strasbourg », nouvelle Jérusalem portée dans la mémoire, que ces Français absolus parlaient une langue qui ressemblait étrangement à l'allemand détesté. On ne tarda pas à les traiter de « Boches » ou de « ya ya » ; on trouvait suspects ces gens qui réclamaient de la choucroute au pays du confit d'oie. Et plus les Alsaciens avaient le mal du pays, plus ils se sentaient déchus, isolés et malheureux. Des bagarres éclatèrent et il fallut le renfort du majoral Robert Benoît, grand défenseur de la cause occitane, pour calmer les esprits en expliquant que ces gens parlaient leur dialecte comme les Périgourdins le leur.

Écoles et collèges furent également mis à contribution pour recevoir, abriter et « franciser » les petits Alsaciens. Dans certaines classes hâtivement reconstituées, il ne se trouvait pas un enfant sur trente qui pratiquât la langue de Molière. L'institution Saint-Michel se donna avec cœur à cette mission. Son directeur, le père Ludovic Bonnier, un brave homme un peu dépassé par cet afflux de nouveaux élèves, confia la tâche à Philippe qui était le seul à parler couramment l'allemand.

Autre facteur de trouble : parmi les dizaines de milliers de réfugiés se trouvaient de nombreux juifs fuyant le nazisme. Jusqu'à ce jour, la communauté israélite du Périgord, minuscule et discrète, avait été bien intégrée au sein d'une population rurale peu mobile. Aussi, l'antisémitisme tenait-il de la caricature. Si l'on disait à Mgr Berteaux que son bedeau avait une tête de juif, c'était parce que l'homme était doté d'un appendice nasal un peu proéminent, et les choses n'allaient pas plus loin. Il n'y avait pas là de quoi satisfaire Vichy, dont la propagande se déchaîna, éveillant chez les Périgourdins ces deux mouvements contradictoires : la compassion et la délation.

Le préfet de la Dordogne affirma que la population locale, honnête et travailleuse, était gangrenée par les juifs qui ruinaient les paysans et le petit commerce. Il préconisa d'instituer des laissez-passer spéciaux pour limiter leurs mouvements. Avant novembre 1942, Robert et

Philippe s'opposèrent de toutes leurs forces à ces décisions, mais après l'invasion de la zone libre, les Allemands prirent eux-mêmes en main la « question juive ». Les lois antisémites furent appliquées dans toute leur rigueur, cacher des juifs ou des résistants devint passible des pires châtiments.

Selon le commandant Masclat, les garçons ne devaient rester que quelques mois. Ensuite, ils quitteraient la France ; mais il en viendrait d'autres. Les deux prêtres étaient très fiers de participer à une filière d'évasion d'enfants juifs. Pour la première fois depuis la défaite, ils se sentaient utiles. Masclat confia un soir à Robert trois oisillons maigres et muets, qui se balançaient d'un pied sur l'autre, mal à l'aise. Ils s'appelaient Haïm, Gerson et Shimon, et ils allaient devoir oublier leurs noms. Philippe eut bien quelques difficultés pour communiquer avec les garçons qui s'exprimaient en yiddish ; mais les rudiments d'hébreu, souvenir de ses années de théologie, associés à l'allemand, lui permirent de se débrouiller. Il affirma au père Bonnier qu'il devait surveiller personnellement ces élèves, privés de leurs parents et en grandes difficultés, et en profita pour les isoler de son mieux. Par chance, les trois adolescents étaient assez doués pour les langues et, dans le creuset culturel qu'était devenue l'institution Saint-Michel, ils passèrent à peu près inaperçus. Philippe devait néanmoins veiller au grain ; il dut leur faire comprendre qu'ils ne mangeraient plus casher, que sur le calendrier jours fériés et fêtes religieuses avaient changé. Un soir, il frémit de peur et de colère en les découvrant dans un coin du dortoir, le drap sur la tête en guise de talit, occupés à prier devant des bougies allumées qu'ils avaient dérobées dans la chapelle.

Le temps n'est plus aux liturgies, se dit-il. Étrange réflexion pour un prêtre.

V

Il y avait bien un sujet sur lequel les deux amis se fâchaient régulièrement : c'était celui des femmes. Robert n'avait jamais dissimulé son goût pour le beau sexe. C'était un homme d'appétit : grand mangeur, amateur de bons vins, il manifestait en toute chose un insatiable amour de la vie, du mouvement, une grande sensualité, et son état religieux n'y avait pas changé grand-chose. Pour lui, la foi participait de la chair et de l'existence concrète. Il avait une interprétation très personnelle des vœux qu'il avait prononcés. La pauvreté, il l'avait toujours connue ; quant à la chasteté et l'obéissance, ce n'était pas son fort. Étudiant, il avait collectionné les aventures, et maintenant qu'il était prêtre, son physique, sa stature, son tempérament lui valaient les plus grands succès auprès des paroissiennes. Elles semblaient prêtes à se battre pour entrer dans son confessionnal. Les belles pécheresses y venaient jusqu'à trois fois par semaine, prolongeant la station par d'impressionnants chapelets de fautes, commises en pensée, en paroles, et, parfois, en action.

Si Robert respectait le secret de ces confessions, il était beaucoup plus bavard sur ce qui se passait ensuite, et Philippe avait droit à tous les détails de chaque aventure.

– Et tu ne te repens même pas ! s'écriait-il, exaspéré.

Non, Robert n'en avait pas l'air. Il se confessait à son tour, et Philippe lui donnait l'absolution. Aussitôt, ça recommençait.

– Ne me dis pas que tu es parfaitement innocent, disait Robert. Tu m'as bien raconté, avec tes petites cousines...

Robert adorait mettre Philippe en colère, c'était une manière de se disculper. Philippe rougissait. Les petites cousines, c'était il y a longtemps... C'était avant. À présent, il avait choisi une voie ; cela ne lui posait plus de problème. Cette énergie qui avait perturbé et transformé son corps d'adolescent, il l'avait tout entière canalisée vers le haut, vers ce Dieu qui l'habitait. Il éprouvait pour chaque être humain une égale compassion. Du moins, il essayait. Il est vrai que, parfois, la présence d'une femme très belle ou par trop provocante le troublait ; les femmes étaient des êtres mystérieux et quelque peu dangereux. « Les femmes, et tous les hommes ! » répliquait Robert en riant. La quête de l'inconnu, de la différence est à l'origine de tout mouvement, de la construction comme de la ruine. Les deux jeunes gens pouvaient broder des heures sur ce thème. Dans la rue passaient les passantes ; ailleurs, la guerre menait son train.

Lorsqu'il pouvait échapper aux vieux murs de l'institution Saint-Michel, encore humides et froids en ce printemps 1943, Philippe aimait à se promener dans les allées du parc Gamenson, éclairées par un timide soleil matinal. Platanes et marronniers bourgeonnaient et mettaient de jeunes pousses d'un vert tendre, tandis que les grands cèdres étendaient sur les gazons leurs ramures plus sombres.

C'est là, un matin, qu'il aperçut Robert, Robert qui aurait dû se trouver à l'hôpital où il donnait des vacations régulières. Il était habillé en civil, Philippe reconnut le gros pull tricoté par sa mère, et il n'était pas seul. Près de lui se tenait une femme, très jeune et très belle, simplement vêtue d'un chemisier blanc et d'une jupe brune. Sa minceur et sa petite taille accentuaient l'impression de jeunesse ; elle aurait pu être une étudiante. Elle n'était pas coiffée à la mode – les cheveux très longs et tirés en arrière ou en chignon, comme le faisaient les femmes pour reporter sur leur coiffure les effets d'élégance qu'interdisaient les restrictions de tissu –, elle portait court ses cheveux blonds naturellement ondulés. Elle apparut à Philippe comme une merveilleuse création de la nature, d'une beauté simple et lumineuse qui vous cueillait aussitôt le cœur et les sens. Pour la première fois depuis qu'il connaissait Robert, il sentit la morsure de la jalousie et du regret.

Dissimulé par un buisson, il observa le couple. Les deux jeunes gens étaient visiblement très épris, entièrement préoccupés d'eux-mêmes, et comme isolés du monde. Des doigts qui s'entrecroisaient, une main d'homme qui caressait la courbe d'une hanche ou effleurait une nuque, un mouvement des lèvres de la femme ; tout disait à Philippe que ces deux êtres étaient passionnément unis par la chair.

– Ils sont amants, murmura-t-il.

Puis il pensa que Robert était fou. Que croyait-il déguiser en se montrant ainsi en civil, en plein centre-ville, à quelques centaines de mètres du collège ? S'il était surpris par la moindre bigote à la langue bien pendue, c'était l'exclusion et peut-être pire. Par chance, le parc était presque désert à cette heure. Le couple s'éloigna. Philippe en fut soulagé, il avait l'impression d'espionner son ami. Mais, après tout, Robert n'avait pas à s'exhiber de la sorte ; et puis, cette femme inconnue l'intriguait. En pressant le pas et en faisant le tour du parc en sens inverse, il pourrait les rencontrer « par hasard » et lever l'équivoque. L'air faussement serein, il se dirigea d'un pas mesuré vers l'autre bout du jardin. On apercevait déjà les hauts murs aveugles de l'évêché. Soudain, il fut devant eux.

Pour le coup, ce fut Robert qui perdit de sa belle assurance pourtant légendaire. Il se détacha hâtivement de la jeune femme et bredouilla des présentations.

– Philippe, voici Thérèse Maloubier. Elle est infirmière à l'hôpital de Périgueux, nous travaillons ensemble.

Fasciné par la pureté d'un visage d'ange aux délicieuses fossettes et dont les pommettes hautes accentuaient la profondeur des yeux bleus, Philippe retint un peu trop longtemps la main qu'on lui tendait. Il se lançait maladroitement dans les banalités d'usage quand Robert coupa court :

– Excuse-nous, mon vieux, mais nous devons retourner à la clinique. Il y a un boulot monstre en ce moment. C'est tout juste si nous avons pu nous échapper quelques minutes. Tu as eu de la chance de nous trouver.

Le mot « chance », nettement souligné, mit Philippe mal à l'aise. Robert avait sûrement compris que leur rencontre n'était pas fortuite. Il regarda le couple s'éloigner, plein d'interrogations, et sous le charme.

Le soir, lorsque Robert regagna l'institution, Philippe tenta d'en apprendre davantage sur la jeune femme

– Alors, lança-t-il, une nouvelle conquête ?

– Mais non..., répondit Robert. Enfin, oui, tu me connais, je suis irrésistible.

Une telle discrétion était étonnante chez ce séducteur d'ordinaire prompt à dévoiler ses amours. Et si c'était sérieux, cette fois ? se demanda le jeune prêtre. Mais Robert n'était-il pas sincère à chacune de ses aventures ? Sans trop savoir pourquoi, peut-être parce que lui-même était plus troublé qu'il ne voulait se l'avouer, Philippe pressentit dans cette histoire une source d'ennuis incalculables.

VI

Les trois garçons s'intégraient de mieux en mieux à la vie de l'institution. On les voyait, pendant les récréations, juchés sur des échasses, ou sur le dos d'un camarade, tentant de jeter à terre une autre équipe, ou tirant un chariot de bois monté sur roulement à billes, bref, jouer à se battre comme les autres. Parfois, l'absence de leurs parents les plongeait dans une profonde mélancolie. Robert et Philippe redoutaient ces instants, où ils avaient tendance à se rassembler et devenaient, par là même, plus vulnérables.

Enveloppés dans leurs pèlerines sombres qui les préservaient du froid humide de cette fin d'hiver, Pierre, Jean et Louis, comme on les appelait à Saint-Michel, dûment dotés de papiers en règle par le commandant Masclat, et de certificat de « bonne religion », attestation de baptême et de communion par Philippe, ne se différenciaient pas des autres petits réfugiés. On les raillait parfois pour leur accent et leurs fautes de français, mais pas plus que les Alsaciens et les Lorrains. Dans les dortoirs, pour se réchauffer, ils participaient à de gigantesques batailles de polochons, qu'interrompaient les vociférations des surveillants. Au réfectoire, ils protestaient contre la nourriture, infecte et toujours insuffisante pour ces jeunes corps en pleine croissance. Restrictions de charbon, restrictions alimentaires, le père Bonnier et son économe devaient jongler avec les finances et les règlements pour assurer le ravitaillement. Les occupants se montraient de plus en plus rapaces et pillaient systématiquement les récoltes et les garde-manger des Français, pour alimenter leurs troupes. Les trois quarts des œufs récoltés partaient dans leurs paniers. La ration hebdomadaire de viande, fixée à cent vingt grammes, était souvent réduite de moitié. Cinquante grammes de beurre et de fromage par mois, et des distributions de pâtes et de pommes de terre aléatoires. Et les réquisitions pleuvaient sur les paysans ; des trains entiers de bétail et de blé partaient pour l'Allemagne, gigantesque et insatiable estomac.

Et voilà qu'il fallait faire face à un nouvel et redoutable ennemi. Le sinistre Joseph Darnand venait de créer la Milice, destinée à fournir des supplétifs aux Allemands dans leur lutte contre les maquis et à quelques autres sales boulots. Le 28 février, en présence du préfet, des maires et des responsables de l'administration, la Milice de la Dordogne avait été créée en petite pompe et devant un maigre public. Robert et Philippe avaient refusé de participer à la cérémonie, et Mgr Berteaux s'était fait porter pâle. Mais le chanoine Bourmont avait béni les hommes en uniforme bleu, le béret prestement incliné sur l'oreille et le gamma à la boutonnière, avant d'aller banqueter avec eux à l'hôtel Déjean. Dans un premier temps, ces hommes de main des nazis se contentèrent d'organiser des conférences sur les dangers du communisme, mais après l'attentat contre le pylône électrique du château des Yzars, le 1er mai, ils se mirent au travail. Perquisitions, arrestations et passages à tabac de juifs, les quelque quatre cents miliciens périgourdins, déjà détestés par la population, marquèrent leur territoire.

Robert était à l'hôpital et Philippe s'occupait de quelques achats en librairie, quand on vint l'avertir que la Milice était à Saint-Michel. Jamais il ne courut plus vite, l'air brûlait ses poumons, mais il n'avait qu'une chose en tête : les enfants. Il traversa comme une flèche la cour de récréation, une traction avant noire y était garée. Le père Bonnier était en grande conversation avec des hommes en uniformes, qui gesticulaient beaucoup. À bout de souffle, Philippe vint se planter devant eux. Son directeur lui présenta le capitaine Marquet. Poitrine bombée, menton en avant, moustaches à la Laval et lourd pistolet au ceinturon, Marquet était de ceux qui aboient et mordent à la fois. Les autres étaient plutôt du genre à japper. Philippe les connaissait tous : un jeune paumé, épris d'idéal et d'action, qui ne savait pas trop où ses semelles le portaient, deux petits bourgeois qui pensaient protéger leur portefeuille des communistes, un voyou notoire. Une « main » tout à fait représentative. Philippe avait déjà côtoyé leurs pareils en Allemagne quelques années plus tôt : l'affichage de virilité des uns, la moiteur des autres, toute cette peur et cette haine revêtues d'uniformes, il reconnaissait les SA que Hitler avait utilisés, puis fait massacrer lors de la « nuit des Longs Couteaux ».

Marquet et ses hommes visitaient les internats de la ville pour s'assurer qu'on n'y dissimulait pas d'enfants juifs. Bonnier les avait assurés qu'il n'avait pour élèves que de bons Français. Il les avait autorisés à fouiller l'établissement et à vérifier les listes de noms.

Philippe sentit ses cheveux se dresser sur la tête. Dans sa naïveté, le père Bonnier allait provoquer une catastrophe. Le cœur battant, le jeune prêtre le vit s'éloigner avec les miliciens.

La fouille dura une bonne heure, la plus longue de toute la vie de Philipe. Enfin, les cinq hommes ressortirent des bâtiments ; ils n'avaient rien trouvé. Tout juste avaient-ils bousculé le professeur de latin-grec qui avait relégué au fond de la classe le portrait du maréchal Pétain, ce « barbare germanophile ». Les enfants l'avaient criblé de jets d'encre et de boules de buvard mâché. Philippe, lui, respectait l'image du Maréchal ; elle lui servait de couverture. Et puis, comme disaient ses paroissiennes, il avait un regard si doux et plein de bonté... Les miliciens remontèrent dans la traction, les portières noires claquèrent. Philippe poussa un soupir de soulagement.

– Ne craignez rien pour vos protégés, dit doucement le père Bonnier. Je les ai cachés dans le local de chauffage.

Philippe ouvrit des yeux ronds.

– Vous... vous étiez au courant ?

Le père Bonnier sourit.

– Évidemment. Que vous et votre ami Robert m'ayez pris pour un imbécile, cela n'est pas grave. Ce qui m'attriste, c'est que vous ayez pu penser que je serais capable de livrer des enfants à ces brutes.

S'il l'avait osé, Philippe aurait embrassé son directeur. Au même instant, il vit surgir, noirs de charbon, les trois garçons, accompagnés d'un jeune surveillant, maigre et pale de visage et de poil, récemment embauché.

Toujours souriant, le père Bonnier ajouta :

– J'avais oublié de vous prévenir, Philippe, Vincent Lentier est mon neveu, le fils de ma sœur. Je l'ai engagé ici pour qu'il échappe au

STO. Il ne faut pas faire trop de publicité autour de sa présence.

L'institution Saint-Michel ressemblait de plus en plus à une arche de Noé, voguant sur les eaux nauséabondes de l'Histoire, et protégeant sa fragile et précieuse cargaison.

Peu de temps après, les trois enfants quittèrent le collège. Philippe les embrassa et leur dit adieu dans la cour. Ils n'avaient jamais posé de questions sur rien ; ils n'en posèrent pas non plus ce matin-là. Philippe resta un moment à écouter le bruit de leurs galoches s'éloigner dans le petit jour, et ce fut tout. Robert les conduisit dans un café près de la gare, où il les confia à un émissaire du commandant Masclat. Le réseau d'évasion les avait pris en charge ; ils ne surent jamais ce qu'il était advenu d'eux.

Deux semaines plus tard, cinq jeunes garçons, issus de familles juives de la région parisienne, furent inscrits à l'école sous des identités alsaciennes et lorraines.

VII

Le gamin s'était cassé le bras bêtement en tombant dans la cour de récréation. Il souffrait beaucoup et son cas dépassait les compétences de l'infirmier. Philippe et Robert décidèrent de le conduire à l'hôpital. Ils mirent en marche le vieux véhicule à gazogène du collège et empruntèrent la route de Bordeaux.

Tandis que Robert accompagnait le jeune garçon auprès du médecin, Philippe parcourait les couloirs à la recherche d'une de ses paroissiennes récemment hospitalisée. Il avisa une des religieuses qui faisaient fonction d'infirmières.

– Pardon, ma sœur, savez-vous où se trouve la chambre...

Ses paroles moururent sur ses lèvres. Sous la grande cornette qui mettait comme des ailes de papillon autour d'un visage d'ange, c'était elle ! Elle... Thérèse, la belle apparition du parc Gamenson...

De surprise, la religieuse écarquilla ses grands yeux bleus, ses mains se mirent à trembler et elle laissa tomber le plateau qu'elle portait.

– Eh bien, sœur Philomène, vous voilà bien maladroite ! Ce n'est pas dans vos habitudes ! grommela une religieuse âgée jaillissant d'une chambre voisine.

– Ce n'est rien, ma mère, j'ai trébuché, bredouilla sœur Philomène.

Dès que l'infirmière eut refermé la porte, Philippe s'empara fermement du bras de Thérèse.

– Vous, il faut que je vous parle !

La jeune femme rougit, puis pâlit de douleur ; la main du prêtre la serrait à lui briser le bras.

– Je dois terminer mon service, supplia-t-elle. Revenez ce soir, après 18 heures. S'il vous plaît.

Philippe ne souffla mot de cette rencontre à son ami, se contentant de marmonner lorsque Robert l'informa de l'état du blessé. En fin d'après-midi, sous prétexte de prendre de ses nouvelles, il retourna seul à l'hôpital.

Il la trouva dans un couloir nu, faiblement éclairé, regardant par la fenêtre la nuit qui tombait déjà. Dans toute cette pénombre, il n'y avait de lumière que le blanc très pur de sa cornette. L'attendait-elle ? Avait-elle espéré qu'il ne viendrait pas ? Au bruit de ses pas dans le couloir, elle se retourna et le regarda approcher. Son visage était grave, mais il n'y avait plus cette expression de terreur qu'il y avait lue quelques heures plus tôt, quand il l'avait brutalisée. Son visage était grave, et il était beau.

Philippe frémit. Ce visage, il n'avait cessé de le voir, de l'évoquer, tous ces derniers jours. Et même en rêve, et pas seulement le visage... mais il ne s'agissait alors, dans son esprit, que de la fille du parc, la maîtresse de son ami, et c'était déjà bien assez. Philippe croyait à son vœu de chasteté.

Mais celle qui était là, fixant sur lui ses grands yeux bleus en attendant qu'il parle, ce n'était plus une femme, c'était une fiancée du Christ. Ou bien était-ce le diable ?

Sa colère était retombée. Il n'y avait plus en lui qu'une immense tristesse, une immense amertume.

– Je vous écoute, dit-il seulement.

Elle l'entraîna vers le fond plus obscur encore du couloir, où se trouvaient deux vieilles chaises dépareillées. Ils s'assirent et, après un long silence et un soupir résigné, sœur Philomène raconta son histoire.

Thérèse Maloubier était originaire de Bergerac, d'une famille de commerçants catholiques pour qui la religion tenait lieu de statut social et d'identité au sein de cette cité protestante. À seize ans, Thérèse était incontestablement la plus jolie fille de son collège ; tous les garçons n'avaient d'yeux que pour elle et ses camarades lui marquaient un peu de jalousie. Idéaliste à l'extrême, passionnée et romantique, elle se montrait plus exaltée que studieuse, plus imaginative que brillante et, surtout, elle était constamment insatisfaite. Elle tomba bientôt éperdument amoureuse d'un jeune homme issu d'une famille de vignerons aisés... et protestants. Elle dissimula à ses parents une idylle qu'ils auraient de toute façon condamnée ; et puis, la jeunesse a besoin de secret. Thérèse se donna corps et âme, mais la famille du jeune Benoît avait pour lui des visées plus fructueuses qu'une alliance avec des marchands papistes. Le garçon était velléitaire et infidèle. Thérèse ne pardonna, ni à lui, son inconstance, ni à elle-même, son manque de clairvoyance.

Dans un de ces élans où l'on s'entête et que les très jeunes gens confondent souvent avec la foi, la poursuite d'un idéal, elle annonça à ses parents qu'elle allait entrer dans les ordres.

– Vous savez ce que c'est, dit-elle en relevant la tête. On cherche un coin où panser ses blessures. D'ailleurs, l'isolement et le silence étaient chez moi une attitude naturelle tout autant que littéraire. Et puis, l'abus de lecture, d'imagination, de sensibilité... Ne vous y trompez pas, la souffrance était réelle, mais je la cultivais, l'irritais, comme on entretient des stigmates. J'avais un besoin de me mortifier, de punir cette chair qui me causait tant de mal.

Philippe s'abstint de faire remarquer qu'elle s'était bien réconciliée avec cette chair depuis lors, et la laissa poursuivre. Il découvrait qu'il aimait sa voix ; elle était aussi jeune qu'elle.

Les parents de Thérèse n'étaient pas hostiles à son entrée dans les ordres ; ils en étaient plutôt fiers, comme d'une promotion sociale. La sœur cadette semblait montrer des dispositions pour le commerce ; la succession était assurée. Et puis, la guerre était aux portes du pays, la mobilisation avait été décrétée et les jeunes hommes revêtaient l'uniforme. On craignait des bombardements sur la poudrerie et le terrain d'aviation de la ville. Le couvent serait un abri sûr. Qui songerait à attaquer un modeste monastère campagnard ? Mme Maloubier avait une tante religieuse à Thiviers ; elle y envoya sa fille.

Thérèse ne faisait pas les choses à moitié. Elle franchit les étapes sans un instant d'hésitation et prononça ses vœux. Lorsqu'elle dut choisir un nom religieux, signe de l'abandon de son état précédent et de l'entrée dans une vie nouvelle, elle prit un temps de réflexion. Elle aurait souhaité conserver son prénom, mais ce n'était pas possible. Sa tante lui parla de sainte Philomène, décapitée à quatorze ans, pour avoir refusé d'épouser l'empereur Dioclétien. La légende séduisit Thérèse. Philomène, « l'aimée », la *filia luminis,* fille de la lumière, qui avait su préserver sa virginité, au détriment de sa vie, la renvoyait à son état antérieur, avant sa faute. Elle frissonnait de plaisir à l'évocation de la belle enfant, entièrement nue devant l'empereur païen, et préférant le fouet à l'outrage. Ainsi naquit sœur Philomène.

Petite ville du Périgord vert, dans le nord-est du département, Thiviers est bâtie sur une butte. Au pied de la colline, les quartiers populaires s'allongeaient autour de la gare. Au point de rencontre des axes Périgueux-Limoges et Brive-Angoulême, le chemin de fer avait réveillé le gros village. À mi-pente, l'hôtel de ville représentait le pouvoir civil et politique, toutefois soumis à la puissante église Notre-Dame, au plan régulier de croix latine, qui écrasait même le joli château de Vaucocourt, rappelant aux anciens seigneurs du lieu la suprématie de la mitre sur la couronne, mais devait disputer la place aux nombreux commerces, cafés, garages et autres épiceries. Depuis le XIIIe siècle, dans toute l'Europe, les princes-marchands rivalisaient avec le clergé pour tenir le haut du pavé et la place centrale des cités.

Un peu à l'écart de ce brouhaha, encore plus haut, sur la route de Nontron, le couvent de

Thiviers dressait les trois étages de son bâtiment néogothique, à corps unique. Le portail monumental, précédé d'un Sacré-Cœur, se referma sur Thérèse, un matin de l'automne 1939. Sur la façade de la grise bâtisse, les hautes statues de Jésus et Marie accueillirent la fille prodigue, leurs bras de pierre tendus, ouverts dans sa direction, comme des amis qui vous invitaient à venir pleurer sur leur épaule.

Passés les premiers mois d'enthousiasme, sœur Philomène fut atrocement déçue par la vie monastique. Elle s'attendait à de la grandeur, de l'élévation d'esprit, à une existence héroïque à l'image des vies des saints et des grandes figures de la chrétienté dont on avait bercé son enfance. Elle découvrit la mesquinerie, parfois la méchanceté, le relâchement des mœurs et même de l'hygiène, et, surtout, un profond ennui. La communauté de Thiviers n'était pas un haut lieu de l'esprit, et sœur Philomène eût souhaité une règle plus dure, qui l'aurait rapprochée de son idéal.

– Vous pensez trop à vous, ma fille, lui dit la mère supérieure. Oubliez-vous un peu ! Pensez aux autres, priez pour ceux qui sont malheureux en ce moment ! Songez à Celui qui a souffert pour nous sur la croix.

Ce pauvre langage n'était pas celui qu'attendait Thérèse, ni sœur Philomène.

Ayant découvert qu'elle n'était décidément pas faite pour la vie de prière et moins encore pour la contemplation, elle décida de se rendre utile aux autres. Pendant la Première Guerre mondiale, le couvent de Thiviers avait servi d'hôpital auxiliaire pour les blessés, et en avait gardé une tradition médicale. Les filles de Saint-Vincent-de-Paul avaient investi la place. Ni cloîtrées ni contemplatives, elles prônaient l'accès à Dieu par le secours aux miséreux. Véritables professionnelles de la charité, elles s'employaient à servir les pauvres malades matériellement, en leur administrant tout ce qui était nécessaire, et spirituellement, afin qu'ils vivent et meurent avec dignité. Thérèse suivit des cours d'infirmière et fut affectée au centre hospitalier de Périgueux. Là, enfin, elle pensa toucher au port : elle aimait ce qu'elle faisait, elle se sentait utile, elle se sentait aimée. Sa grâce, sa beauté tout autant que sa gentillesse agissaient comme des baumes sur les plaies des malades. Ce qu'elle préférait, c'était s'occuper des enfants ;

eux, au moins, n'avaient pas d'arrière-pensée. Mais quand l'un d'eux lui disait : « Comme tu es jolie, madame », son cœur fondait.

Elle était là depuis deux ans quand elle rencontra Robert. Elle fut tout de suite attirée par ce grand gaillard à la voix forte et qui, simple infirmier, semblait diriger l'établissement à lui tout seul. Elle ne pouvait s'empêcher d'entendre les réflexions des soignantes laïques avec qui elle travaillait.

– Moi, le père Vautier, j'en ferai bien mon affaire.

Elle n'en fut pas choquée. L'hôpital était un endroit où l'on entendait des choses crues, non que l'esprit en fût absent, bien au contraire, mais là plus qu'ailleurs, tout passait par le corps et la pudeur y prenait d'autres formes que dans le monde bien portant. Lorsque le chef de service lui présenta le prêtre, elle rougit comme une collégienne.

Ce fut un coup de foudre, celui qui brûle une vie. Comme deux adolescents amoureux, ils cherchaient le moindre prétexte pour se voir : un conseil à demander, un instrument à emprunter, et alors leurs doigts se frôlaient. Thérèse, pourtant, refusait de reconnaître, dans son sentiment pour Robert, ce qu'elle avait déjà éprouvé pour Benoît. L'un lui apparaissait comme un enfant, l'autre comme un homme. Et Robert hésitait à suivre sa nature : c'était la première fois qu'elle le poussait vers une religieuse, ce qui était tout de même autre chose qu'une paroissienne exaltée. Il s'agissait de passer d'un simple accommodement avec la vie, à une véritable transgression ; c'était rire à la face de Dieu.

Allons, ce n'est même pas ça, se disait-il quand il était tout à fait sincère. Tu l'aimes, tu serais bien capable de l'aimer.

Il l'aima. Ce fut elle qui parla la première. Elle lui dit son trouble, lui conta son histoire comme elle était en train de le faire à Philippe, se confia dans le sens le plus étymologique du mot : « avec foi ». Mais ce fut lui qui la prit dans ses bras. Dans un remords tardif, elle lui demanda de l'appeler Thérèse quand ils étaient ensemble. Philomène, c'était le nom qu'elle avait offert à Dieu. Ce remords fut le dernier. Ils avaient établi des règles, des rites. Les amants ne se retrouvaient que dans des lieux précis et neutres, vêtus d'habits civils qui étaient à la fois des travestissements destinés à assurer leur sécurité et des déguisements d'enfants pour leurs fêtes. Robert emportait la mince jeune femme avec des précautions de géant délicat ; elle était souple et maniable et d'une sensualité que cachait mal le rigide costume monastique. Thérèse s'abritait contre ce grand corps protecteur, presque paternel, avec des gestes de petite fille. Elle jouissait de lui, de toute son âme et de tout son corps ; elle l'aimait, elle était folle. À sa manière, Robert, lui aussi, découvrait l'amour. Il y avait quelque chose d'innocent dans leur scandale qui le rendait plus scandaleux encore.

Lorsque sœur Philomène se tut enfin, comme essoufflée par son long récit, franc et impudique, Philippe resta un long moment perplexe. Certes, le cœur humain ne lui était pas tout à fait inconnu, mais, ici, le désordre touchait son ami.

– Robert me parle sans cesse de vous, reprit la jeune femme. Je sais que vous êtes très liés et je ne voudrais pas nuire à votre amitié. Ne le condamnez pas à cause de moi. Nous nous aimons, voilà tout.

« Voilà tout... » Elle en avait de bonnes, la petite religieuse !

Philippe explosa.

– Mais enfin, s'écria-t-il, vous vous rendez bien compte que votre amour est sans issue ! Vous avez prononcé des vœux ; lui aussi. La guerre terminée, votre situation sera intenable et vous serez condamnée par tous. Et je ne parle même pas de votre foi, dont je me demande ce que vous faites dans tout cela !

Sœur Philomène sourit doucement, comme pour elle-même, et leva les yeux vers lui. La détermination qu'il lut dans ce regard l'effraya.

– Vous le dites vous-même, répondit-elle. Il y a la guerre ; pourquoi parler de l'avenir ? Qui peut dire qui sera encore vivant demain ? Après la guerre, Robert et moi saurons prendre les décisions nécessaires. Aujourd'hui, nous nous aimons, c'est tout.

Philippe frémit de nouveau. De quelles décisions voulait-elle parler ? Désirait-elle rompre ses vœux ? Espérait-elle que Robert romprait les siens ? Il eut le sentiment que la jeune femme était capable de tout pour garder l'homme qu'elle aimait, et que, d'une religieuse, elle n'avait plus que l'habit.

Il se leva pour prendre congé. Arrivé au bout du couloir, il se retourna. Sœur Philomène n'avait pas bougé. La nuit était tout à fait tombée maintenant, et la cornette blanche brillait d'un éclat terrifiant.

VIII

DURANT LE MOIS DE MAI 1943, la radio, pourtant entièrement aux mains des hommes de Vichy et des occupants, dut tempérer son optimisme quant à l'avenir de la guerre. Les forces de l'Axe avaient été chassées de Tunisie ; dans les airs, les bombardiers britanniques et américains faisaient régner la terreur sur les villes allemandes ; on parlait à mots couverts de la révolte du ghetto de Varsovie. Robert annonça à son ami son désir d'entrer dans la Résistance. Philippe répondit qu'il croyait déjà en faire partie. Sauver des enfants, n'était-ce pas résister au mal, n'avaient-ils pas choisi la plus belle mission dont pouvaient rêver des prêtres ?

– Ce n'est plus assez, Philippe, répondit Robert. On va vers des choses terribles et nous devons en être. Parce que nous sommes prêtres, justement. Et puis, tu sais, ajouta-t-il avec un sourire, au rugby, je jouais avant, pas sur le banc de touche.

Philippe hocha la tête d'un air dubitatif. Contrairement à son ami, qui lui en avait fait un jour la confidence, il ne s'était jamais rêvé en chevalier du Temple, en moine guerrier maniant aussi bien l'épée que le pardon. Mais Robert avait raison : les « choses terribles » avaient commencé !

Quelques jours plus tôt, la Gestapo avait arrêté une centaine de Périgourdins soupçonnés de résistance. Certains lui étaient très proches : le libraire chez qui il aimait flâner et discuter des nouveautés, le cordonnier qui réparait leurs chaussures, le pâtissier... Tous arrêtés, torturés, déportés. La filière d'évasion vers l'Espagne avait été démantelée.

Le commandant Masclat avait échappé à la souricière. Il prit contact avec Robert.

– Nous devons reconstituer d'urgence un réseau, lui dit-il, et nous avons besoin de votre aide. Vous avez toujours de la famille à Thiviers ; vous serez donc chargé de la liaison avec le groupe de maquisards de cette région.

Le ton du commandant excluait toute possibilité de refus, mais Robert n'avait pas non plus imaginé de refuser. En vérité, il attendait cet instant. Le soir même, il dit à Philippe :

– Écoute, mon vieux, je vais devoir m'absenter souvent dans les semaines à venir ; ma mère est... « malade », tu comprends ? Veille bien sur les gosses !

Robert était subjugué par le calme et la détermination de Masclat ; c'était ce qu'il cherchait depuis longtemps, des hommes pour qui l'hésitation n'était plus de mise, qui engageaient leur vie à chacun de leurs actes. Le commandant aimait s'entourer de mystère. Agent secret, homme des réseaux dormants et des relations haut placées dans les milieux les plus divers, il n'hésitait pas à « souper avec le diable », tissant savamment une toile d'araignée dans laquelle viendraient se prendre les renseignements les plus précieux. Masclat était allé à Londres, il avait rencontré le général de Gaulle. Ce devait donc être un chef important ; Masclat n'était sûrement pas son vrai nom.

Avec un peu de dépit, Philippe nota que le commandant n'avait jamais souhaité le rencontrer, lui, directement, il avait toujours pris Robert comme intermédiaire. Se méfiait-il de lui, à cause de son père ? Ou bien préférait-il les structures cloisonnées, plus sûres ?

En quelques rencontres avec Masclat, Robert était devenu un gaulliste fervent. Le destin de cet homme seul, qui avait lancé, dans le fracas de la défaite et la nuit des esprits, un appel que personne n'avait entendu, et qui, malgré tous les obstacles, avait suscité un mouvement qui, lentement, gagnait le pays tout entier, lui paraissait avoir quelque chose de christique. Dès 1940, les pêcheurs de l'île de Sein, au seul son de sa voix, l'avaient rejoint à Londres. Robert, qui les enviait, ne pouvait s'empêcher de penser aux pêcheurs de Galilée qui avaient suivi Jésus sans hésiter, abandonnant femme, enfants, métier.

– Tu n'exagères pas un peu ? disait Philippe. Ton de Gaulle, ce n'est tout de même pas le Messie !

Mais Robert ne faisait presque plus la différence.

– Tu comprends, s'emportait-il. C'est toujours la même histoire : des occupants, des collabos, des résistants, et un chef qui sauve la mise et ouvre des horizons nouveaux. Et puis quoi, de Gaulle, c'est un nom qui ne s'invente pas pour incarner la France. Des hommes, des femmes, qui ne l'avaient jamais vu, qui ignoraient tout d'un obscur sous-secrétaire d'État, général à titre provisoire, se sont mis en marche en l'entendant. L'acte de foi par excellence ! Et ceux qui l'ont rencontré sont comme des apôtres ayant reçu l'Esprit saint, de futurs évangélistes en mal d'écriture. Ceux qui se sont engagés sous sa bannière à croix de Lorraine jouent et donnent leur vie sans espoir de récompense ou d'honneur ; aucun ordre, aucune mobilisation ne les y obligent, sinon leur propre volonté, leur sens du devoir et leur conscience. Tu ne vois pas qu'ils sont comparables aux premiers chrétiens, attaquant, avec leur seule certitude, l'imposante forteresse de l'Empire romain ?

– Et tu fais partie de ces nouveaux croyants ? demanda Philippe.

Robert ne songea même pas à s'offusquer de l'ironie de son ami.

– Oui, dit-il simplement.

Philippe avait entendu plusieurs fois la voix du général de Gaulle, lorsqu'il dînait chez les Lestrade. Mme Lestrade était une femme adorable qui, outre son excellente cuisine qui le changeait de l'ordinaire de la cantine, cherchait toujours à faire le bien autour d'elle. En bonne chrétienne, elle priait pour tout le monde : pour les pauvres Français obligés de vivre sous la botte nazie et pour les populations allemandes ensevelies sous les bombes, pour les prisonniers des stalags et les soldats gelés de Stalingrad, pour le résistant torturé et le milicien abattu. Son mari arborait une forte moustache et des opinions radicales-socialistes ; quand sa femme était à la messe, il l'attendait en face, au café. Il invitait toujours Philippe à écouter Radio Londres ; c'était sa manière à lui de résister. Le jeune prêtre avait été frappé par le timbre autoritaire du général. Il partageait, comme beaucoup, la crainte de découvrir en lui un nouveau dictateur, mais il comprenait Robert : on avait envie de suivre un tel homme. Son ton assuré et chaleureux avait une autre consistance que la voix chevrotante du Maréchal.

Philippe conservait néanmoins de grands doutes sur la capacité de De Gaulle à incarner la France et à résoudre concrètement ses problèmes. Il n'aimait pas voir séparer les Français entre bons et mauvais, entre « Français du dehors », de Londres, d'Alger ou du maquis, qui seraient héroïques, forts, la « vraie France », et « Français du dedans », soumis, lâches et passifs. Il ne pouvait y avoir l'esprit de la France d'un côté de la Manche, et son corps de l'autre. Tout ce qui ressemblait à une guerre civile lui faisait horreur ; à la décomposition d'un pays dans la défaite, ne devait pas succéder sa reconstruction sur des factions et le sectarisme. Philippe croyait en la lente maturation d'une France nouvelle, qui naîtrait de son désarroi et de sa souffrance actuelle. Il se souvenait de la conclusion de ce livre étonnant, ce qu'il avait lu de plus fort sur le désastre de 1940, *Pilote de guerre*, publié l'année précédente par cet Antoine de Saint-Exupéry que Robert et lui admiraient tant, et décrié autant par la France de Vichy que par celle de New York, Londres ou Alger : « Les vaincus doivent se taire, comme des graines. » Philippe croyait en la réconciliation, la compréhension, le pardon, et non au parti unique, qu'il soit gaulliste ou communiste. Il n'était pas neutre, ses actes parlaient pour lui, mais après le débarquement en Afrique du Nord, il eût souhaité un accord, une solution négociée entre de Gaulle, Giraud et Pétain. Nombre des fervents du Maréchal étaient des pacifistes qui ne supportaient pas l'idée d'un nouveau Verdun. Tout plutôt que des combats fratricides! Pour Philippe, servir, c'était être à son poste de prêtre, toujours aux côtés des plus faibles, des désespérés. Ce de Gaulle vainqueur, précédé d'escadres de bombardiers qui laminaient les populations civiles l'effrayait quelque peu. La Résistance elle-même n'était pas exempte de divisions et de fautes, et souvent nourrie de cette idéologie marxiste que Philippe trouvait dangereuse et stérile. Sa résistance à lui, c'était, sinon l'Église, tout au moins le christianisme. Le prêtre devait être guide et berger, et rendre à la vie sa signification spirituelle, seul rempart contre la barbarie. À mesure que Robert s'engageait dans la guerre, Philippe découvrait un nouveau visage de son ami. Il connaissait sa force, sa lucidité, son ardeur, il voyait à présent ses faiblesses, comme si les premières n'avaient jamais servi qu'à dissimuler les secondes. Robert qui aimait la vie, le travail, était aussi Robert le passionné, le romantique, qui préparait le terrain de sa propre souffrance, Robert l'exhibitionniste qui ne pouvait s'empêcher de parler de ses amours, de ses engagements, qui auraient les uns et les autres mérité plus de discrétion, comme il aimait afficher ses positions devant l'évêque, les autorités, les Allemands. Avec un tel bavard, la Résistance était en danger.

IX

PROTÉGÉ PAR SA SOUTANE, Robert devint agent de liaison entre Périgueux et Thiviers. À partir de juillet 1943, il emprunta régulièrement le train de Limoges qui reliait les deux villes, distantes d'une trentaine de kilomètres, transportant du courrier et, parfois, du matériel. Il débarquait tôt le matin sur le quai de la gare de Thiviers, passait sans s'arrêter devant l'hôtel des Voyageurs où il comptait des amis, et commençait sa journée par une visite à sa mère et ses deux frères qui tenaient la ferme familiale du côté du Clos Saint-Jacques.

Les bâtiments étaient toujours aussi délabrés que par le passé : la maison basse, recouverte de vieille ardoise, la grange ouverte à tous les courants d'air, le poulailler bruyant, la mare à canards, le cochon dans son fumier, mais aussi la douce pente d'herbe, quatre pommiers, deux noyers et un horizon barré de collines. Tout un univers d'odeurs, de couleurs et de souvenirs. De cette enfance qu'il n'avait pas aimée, il gardait pourtant une certaine nostalgie. Dans la cuisine à la vaste cheminée, on lui servait un déjeuner fait de soupe et de vin, et l'on échangeait des nouvelles du reste de la famille. Sa mère vieillissait doucement, fière de ce fils qui avait réussi ; ses frères étaient des hommes rudes et taciturnes, sans grande chaleur humaine ; ils n'avaient jamais eu grand-chose à se dire. Avec les restrictions, les affaires des paysans n'allaient pas si mal. On pouvait vivre de la terre.

Puis il revenait en ville, longeant les maisons blanches, crépies, à l'architecture un peu raide, et passait sous le porche de l'église surmonté d'un clocher haut et aveugle, comme un donjon médiéval. Il remontait ensuite la nef voûtée d'ogives, jetant un regard sur les vieux chapiteaux romans représentant des lions et des monstres dévorant des humains, l'éternelle lutte des hommes contre la Bête et se plongeait quelques instants dans une prière intérieure devant l'impressionnante liste des morts de 14-18 où figurait le nom de son père. Il entrait enfin dans la sacristie et bavardait un moment avec le père Cornille, curé de la paroisse.

Son alibi ainsi établi, il gagnait une vénérable demeure de la rue de l'Archer, où il frappait trois coups espacés avec le marteau de bronze. À l'homme qui lui ouvrait et qui n'était pas toujours le même, il remettait des papiers, du matériel, et recevait en échange du courrier, des instructions, des renseignements qu'il rapportait à Périgueux au commandant Masclat. Depuis la vague d'arrestations, ce dernier vivait dans une semi-clandestinité. Parfois, Robert poursuivait ses visites jusqu'à l'école libre de Thiviers, où les frères, dans un pur esprit évangélique, fabriquaient des faux papiers pour la Résistance.

Même en amour, Robert était un pragmatique, il comprit vite le double bénéfice qu'il pouvait tirer de ces voyages. Thiviers abritait le couvent de sœur Philomène. Ils prirent l'habitude de faire la route ensemble, se rendant séparément à la gare de Périgueux, puis se rejoignant dans le train. Quoi de plus naturel qu'un prêtre et une religieuse devisant dans un compartiment ? Il leur était difficile de se rencontrer à Thiviers même, petite ville où tout le monde les connaissait et où une rumeur, lancée place du Maréchal-Foch, dans les hauts quartiers, parvenait à la gare plus vite que celui qui l'avait initiée. Mais l'imagination des amoureux est sans limites.

La locomotive à vapeur qui les ramenait à Périgueux le soir s'arrêtait à Négrondes et Agonac. Ils descendaient à la minuscule gare de ce dernier village, après s'être habillés en civil et y passaient la nuit et toute la journée du lendemain dans une chambre qu'on leur louait. Puis ils reprenaient leur train et regagnaient la préfecture comme si de rien n'était. La courte période où ils purent se livrer à ces escapades fut certainement la plus heureuse de leur vie. Ce jeu de cache-cache, ces déguisements, cette odeur d'aventure et d'enfance les grisaient. Ils en riaient comme des gamins. Robert songeait parfois qu'ils allaient se faire pincer, qu'on allait les prendre pour des clandestins et les dénoncer. Mais il faut croire que Dieu, peut-être moins offensé qu'on aurait pu le croire, veillait sur eux car les villageois ne virent jamais que ce qu'il y avait à voir : un couple d'amoureux.

C'était l'été, la chaleur portait un parfum de vacances. Thérèse avait revêtu une robe légère, sagement décolletée et offrait au soleil ses bras et ses jambes nus. Cette simplicité et ce naturel éveillaient le désir de Robert. Comme elle était belle, et comme il la voulait ! Ils s'aimaient la nuit, dans leur mansarde, trempés de sueur, se reprenaient le matin dans le désordre des draps, profitant, la journée, d'un bosquet ou de la fraîcheur d'un ruisseau pour offrir leurs corps apaisés à la caresse de la nature.

– Robert, tu m'aimeras toujours ? demandait Thérèse, soudain anxieuse.

Le colosse blond, gagné par le sommeil, marmonnait un « mais oui, bien sûr » avant de sombrer. Il était bien, il était heureux, là, dans la paix de la guerre. La guerre avait suspendu les interdits et eux-mêmes avaient trouvé, à l'intérieur de cette sombre époque, un petit coin de soleil, bien abrité du monde extérieur. Ils étaient dans le temps de la fugue amoureuse, le plus beau, celui où les autres, le monde, sont comme abolis. « Après la guerre » restait une date indéterminée, hypothétique, une autre histoire ; et le

« toujours » de Thérèse pouvait s'arrêter le lendemain, le soir même, l'heure suivante. Toujours, c'était maintenant. Robert ne mentait pas : il disait la vérité de l'amour et de la guerre.

Et pourtant, il y avait quelque chose qu'il ne disait pas. Si Thérèse était toute à sa passion, s'identifiait totalement à elle, ne vivait et ne pensait que pour et par elle, il en allait autrement de Robert. Satisfait d'avoir expérimenté les trois formes de l'aventure humaine : la foi, l'amour et la guerre, il avait atteint un état de plénitude. Son costume d'homme lui semblait enfin parfaitement coupé à sa taille et ce n'était plus une soutane. Tout ce qui permettait d'abolir les règles, de dépasser les limites, d'être libre, lui était connu. L'amour et ses terribles exigences, ses terribles négligences ; la guerre qui permettait d'éprouver son courage hors des lois communes ; la foi, peut-être la plus redoutable des trois, qui entraînait l'esprit par-delà le bien et le mal. Robert tenait à conserver ces trois maîtresses impérieuses et jalouses, mais qui constituaient son harem.

Deux fois, Robert fut conduit en voiture jusqu'au camp du maquis, situé dans les bois, au nord-est de la ville. Le colonel Tourniac y dirigeait un groupe important, deux cents hommes dont la moitié seulement était en permanence sous les armes. Mince, brun, de taille moyenne, la trentaine dépassée, il portait avec distinction un uniforme d'officier qui avait connu des jours meilleurs. En 1940, simple lieutenant d'infanterie, il avait refusé la défaite et organisé l'un des premiers centres de résistance de la région. Chaleureux, intègre et doté d'un sens naturel du commandement, Tourniac était un chef respecté, et l'on se bousculait pour entrer dans son maquis. Il avait dû former des hommes inexpérimentés, donner des responsabilités aux plus aptes sans tenir compte de leurs titres passés, tisser des réseaux pour se nourrir, se soigner, se déplacer, s'abriter. Tourniac chargé des opérations sur le terrain, et Masclat du renseignement, ces deux hommes formaient un attelage efficace. Robert constata que les galons fleurissaient vite sur les épaules des maquisards et songea aux guerres napoléoniennes. Simples soldats le matin, les hussards à l'uniforme chamarré, garance et or, les lourds cuirassiers aux casques couronnés de crin de cheval, les grenadiers à bonnet d'ours devenaient officiers dans la journée, par la seule vertu d'un acte de bravoure. Un lieutenant intelligent et courageux se retrouvait général en quelques semaines. Ça avait une autre gueule que la promotion administrative, à l'ancienneté.

Le camp était bien organisé et propre. Le colonel était un as du camouflage, doté d'un remarquable sens tactique. Si le cantonnement actuel, agencé autour des deux corps de bâtiment d'une maison forestière abandonnée, était plutôt confortable, il avait prévu des bivouacs de fortune où le groupe pouvait se replier en cas d'attaque, avec des abris souterrains recouverts de terre, aux entrées dissimulées derrière des branchages et des ronces, qu'aucun promeneur ne pouvait repérer, même s'il marchait sur le toit. Il avait aussi imposé une discipline rigide à ses soldats et constitué un réseau de guetteurs qui communiquaient entre eux en imitant des cris d'oiseaux et d'animaux, comme aux plus belles heures de la chouannerie. Nul ne pouvait s'approcher sans être repéré. Pour mieux ancrer ces précautions dans la tête de ses hommes, Tourniac avait choisi pour emblème une forme humaine recouverte d'un drap, avec deux trous pour les yeux. Le « bataillon Fantôme » fut bientôt redouté des Allemands et des miliciens.

En été, les soldats de l'ombre ne souffraient ni du froid ni de la faim. L'armement était léger et disparate : fusils de chasse, mousqueton de la guerre de 14, quelques pistolets, peu d'armes automatiques, mais beaucoup d'explosifs. Les hommes étaient de toutes origines, de toutes opinions, de toutes confessions. Il y avait là : paysans des environs, jeunes en rupture de STO, réfugiés espagnols, déserteurs géorgiens engagés de force dans la Wehrmacht, Alsaciens et Lorrains qui avaient refusé de regagner leurs provinces annexées par les nazis. Robert vit quelques femmes dans le camp ; la plupart venaient ravitailler le maquis. Elles prenaient les mêmes risques que les hommes ; capturées, elles seraient fusillées ou déportées, avec quelques humiliations en plus. On lui présenta une collègue, Christine Malefosse, l'infirmière du groupe, une grande femme brune d'assez belle figure. Ils se saluèrent.

Robert redoutait peu les contrôles dans les gares et le train. La police française, et même la Milice, respectaient son habit et n'auraient pas songé à fouiller un prêtre. Mais, depuis le débarquement en Sicile, après le ralliement de l'Afrique du Nord à de Gaulle, la police allemande avait considérablement renforcé son dispositif en Périgord. À sa tête se trouvait l'untersturmführer Michel Hambrecht, un nazi convaincu, grand et fort, « au teint d'ivrogne et à la démarche de canard », raillaient les Périgourdins. Aussi rusé que féroce, il maniait tour à tour le sourire plein de distinction, et les coups de cravache, les tortures raffinées, les exécutions sommaires. C'était un homme dangereux. Il était assisté d'un vieil adjudant-chef, Joseph Kitz, vétéran des campagnes de Russie, spécialiste des opérations sur le terrain, et d'un jeune adjudant SS Frantz Willinger, chargé des infiltrations. Un certain nombre de Français convertis à l'hitlérisme gravitaient autour d'eux. Espionnage, arrestations, expéditions punitives formaient le pain quotidien de ce redoutable petit groupe. Robert craignait ces nazis authentiques qui voyaient dans tout prêtre un ennemi idéologique, un adversaire dont la foi même constituait un obstacle à l'expansion du national-socialisme. Hitler l'avait dit : « Il n'y a pas place dans le monde pour plusieurs organisations, ou bien nous, ou bien l'Église. » Mais l'Église, apparemment, n'avait pas lu Hitler.

Ce jour d'août 1943, partant dans le train de Limoges avec Thérèse, Robert était inquiet. Sa mission était d'importance : la lourde valise qu'il avait placée dans le filet, au-dessus d'eux, contenait une radio. Au contrôle de Périgueux, le policier français, à moitié endormi, n'avait jeté qu'un œil distrait sur les papiers des voyageurs, mais à leur arrivée à Thiviers, avant qu'ils aient pu quitter leur siège, trois hommes montèrent dans le wagon. Robert reconnut le jeune homme aux lèvres minces. Le SS Willinger et ses deux acolytes entreprirent de vérifier l'identité de tous les passagers. À mesure qu'ils approchaient, Robert se recroquevillait sur son siège ; il sentait la peur monter en lui, il était incapable de la moindre initiative.

Sœur Philomène se leva, empoigna la valise et, ses papiers d'identité à la main, se dirigea vers les trois hommes. Les nazis n'aimaient pas particulièrement les bonnes sœurs, mais ils ne voyaient dans les femmes que des êtres inférieurs, destinés à reproduire la race, et sûrement pas des résistants. Elle leur sourit, leur parla de son travail à l'hôpital et de leur camarade si sympathique qu'elle avait soigné. Charmés, ils la laissèrent passer. Robert, lui, fut fouillé et longuement interrogé ; il dut justifier de sa présence dans la ville. Un des Français l'accompagna jusqu'à la ferme familiale et vérifia l'identité de la mère et des deux fils. Sœur Philomène le suivit partout, tenant toujours la valise à la main.

La boîte aux lettres de la rue de l'Archer était vide. L'homme chargé de la réception de la radio avait dû filer en apprenant la présence de la Gestapo. Robert emprunta deux vélos à ses frères qui lui reprochèrent de leur attirer des ennuis.

– Tu es aussi rusée que belle, dit-il à Thérèse quand ils se retrouvèrent seuls. Quel sang-froid ! Il ne ferait pas bon être ton ennemi.

Elle sourit puis, sérieusement, si sérieusement que Robert en eut un léger frisson, répondit :

– Je ferais n'importe quoi pour toi.

Dissimulés dans des buissons, ils revêtirent des habits civils et partirent en pédalant d'un bon train, en direction du camp des maquisards.

Ils y furent fraîchement accueillis. On n'attendait pas Robert, et surtout, on ne l'attendait pas accompagné. Le colonel Tourniac envoya sur-le-champ cinq hommes vérifier qu'ils n'avaient pas été suivis. Robert raconta son histoire. Le colonel se dérida et remercia sœur Philomène. Il avait sa radio, le contact avec Londres pourrait être enfin établi. Robert et Thérèse passèrent la nuit dans les baraquements et regagnèrent Thiviers le lendemain.

Cette fois, leur journée de vacances à Agonac fut sage : pas d'étreintes fiévreuses, pas de siestes bucoliques. Robert était grave, il souhaitait s'ouvrir à Thérèse de ses activités de résistant. C'était le seul secret qu'ils ne partageaient pas et cela lui pesait : il la voulait près de lui dans l'action comme dans l'amour. Ne sachant pas trop comment aborder le sujet, il commença par un « mon enfant, ma sœur » suivi d'un rire qui ne trouva pas d'écho. Thérèse le regardait, sérieuse et attentive.

– Tu as été formidable, Thérèse. Sans toi, je serais sûrement dans les bureaux de la Gestapo en ce moment. Et puis, tu as rencontré mes amis résistants, tu sais que je suis leur agent de liaison. Enfin, tu fais partie des nôtres.

Son enthousiasme fut aussitôt refroidi par l'air circonspect et le visage fermé de Thérèse.

– Tes amis, s'exclama-t-elle, parlons-en de tes amis ! Une jolie bande de voyous ! Des communistes ! Ce que j'ai fait, Robert, je l'ai fait pour toi, pas pour eux. Je croyais que tu l'avais compris.

Robert resta sans voix. Il sentit de nouveau passer le frisson qui l'avait saisi la veille.

X

Le mois de septembre 1943 vit les maquis déterrer leurs armes un peu partout en France. À Londres, les chefs militaires avaient décidé d'interrompre et de désorganiser les communications des chemins de fer sur tout le territoire français. Au nord, la RAF déclenchait l'opération «*No Train*»; les bombardiers attaquaient les gares de triage et les chasseurs mitraillaient les locomotives qui rendaient l'âme dans de grands jets de vapeur, tels des dragons vaincus. Dans le sud, hors de portée de l'aviation, ce rôle fut dévolu à la Résistance. Les radios captèrent le début du «plan vert», la bataille du rail. Robert, qui avait quitté l'institution Saint-Michel en cachette, sans même prévenir Philippe, participa au dynamitage de la voie ferrée à Lesparat. Chargé d'explosifs comme un bourricot, il était fier de prendre part à une action militaire. Il en tremblait, non de peur, mais de plaisir et d'excitation. Le prêtre s'effaçait peu à peu derrière le guerrier.

Dans la soirée du 9 octobre, des explosions firent voler en éclats les vitres du centre de Périgueux, déjà plongé dans l'obscurité depuis qu'on vivait à l'heure de Berlin. Une bombe venait de souffler la façade du Crédit Lyonnais, rue de la Comédie, où siégeait la Gestapo. Deux autres déflagrations détruisirent, rue Louis-Mie, le garage de l'hôtel du Commerce, occupé par l'état-major de liaison. Michel Hambrecht fit arrêter dix-sept personnes et établit un couvre-feu sévère, de 8 heures du soir à 6 heures du matin. Seuls les médecins, les sages-femmes, les policiers, les pompiers et les ministres du Culte échappaient à ces restrictions.

Ce fut donc revêtu de sa soutane que Robert récupéra, une nuit, le capitaine Igor Yachvili dans un café de Périgueux. Il était venu à vélo, sous prétexte de porter l'extrême-onction à un mourant. Il fallait mettre le Russe à l'abri immédiatement : il n'aurait pas pu faire trois pas dans la rue sans que son accent le dénonce. Cette nuit-là, il le cacha dans le grenier du collège. Le lendemain, il l'accompagna en train jusqu'à Thiviers, où les attendaient des membres du groupe Tourniac. Les vingt-quatre heures qu'ils passèrent ensemble suffirent tout juste à Yachvili pour raconter son histoire. Aviateur, héros de l'Union soviétique, arborant fièrement sur la carlingue de son appareil les mots : « Vive Staline », il avait été abattu en défendant Moscou, et capturé. D'abord très maltraité, comme tous les prisonniers russes, il avait vu son régime s'assouplir grâce à ses origines géorgiennes. Les nazis tenaient à différencier les Géorgiens des Slaves, pour des raisons raciales autant que politiques, et faisaient miroiter la promesse d'une Géorgie indépendante. C'est alors que, comme à beaucoup de ses compatriotes avant lui, on lui mit le marché en main : continuer à mourir lentement dans un camp, ou rejoindre la légion antibolchévique dans l'armée allemande. Des mois de souffrance, de sous-alimentation, avaient atténué son enthousiasme communiste. Au camp, il avait eu le temps de découvrir les valeurs essentielles de son existence : il aimait son pays, son métier d'aviateur, l'armée, mais la médiocrité de ses chefs et la férocité des purges l'écœuraient. Trahir aussi l'écœurait, mais l'instinct de vie fut le plus fort : il se porta volontaire.

Engagé comme simple soldat, Yachvili participa d'abord à la lutte contre les partisans polonais ; il incendia des villages, exécuta des civils. Ses qualités de chef et de guerrier lui valurent la confiance de ses supérieurs. Affecté en France, il fut nommé à l'Ost Bataillone 799 qui regroupait huit cents Soviétiques, avec blindés et artillerie, encadrés par deux cents soldats germaniques. Cette petite armée fut envoyée en Dordogne pour combattre la Résistance.

Dans le train qui l'y conduisait, Igor Yachvili réfléchit. Il ne supportait plus l'uniforme vert-de-gris et ce qu'il avait vu, ce qu'il avait fait, peuplait ses nuits de cauchemars. Il savait qu'il ne reverrait jamais sa famille, que tout retour lui était interdit. Il ne lui restait plus rien que sa force et sa science de la guerre. Au cours de sa formation, on lui avait présenté le Périgord comme un pays insoumis, peuplé de résistants, à la population hostile. Il décida de tenter sa chance. Brûlant ses derniers vaisseaux, il sauta du wagon lorsque le convoi ralentit à l'entrée de Périgueux. Et après s'être dissimulé dans les entrepôts de la gare, il finit par interpeller un cheminot au hasard. C'était un membre du réseau Fer.

Cette vie d'aventures, de risques, de clandestinité, plaisait chaque jour davantage à Robert. Philippe se démenait pour excuser ses absences : on le réclamait auprès de sa mère, ou bien à l'hôpital. Il avait même réussi à rater la rentrée scolaire ! Thérèse, elle, lui reprochait amèrement ses éternels départs et ses retards ; elle avait peur pour lui et se sentait délaissée. Elle avait à la fois tort et raison : Robert l'aimait toujours autant, mais il craignait de l'entraîner dans une vie trop dangereuse et il avait été un peu blessé par son refus de participer à la Résistance. Il la voyait bien, sa religieuse, passant des explosifs sous ses jupes, ou des messages dans sa cornette. Il l'aurait voulue complice, à ses côtés, dans le maquis ; elle le voulait pour elle toute seule. Elle voulait l'embrasser sans cesse et lui, il avait besoin d'air. D'autre part, il devait désormais morceler les tâches, choisir les urgences. De moins en moins prêtre, il se sentait aussi de moins en moins amant. Il avait confié les enfants juifs à Philippe et sœur Philomène pouvait attendre. Le grand Salomon l'avait bien dit :

« Il y a un temps pour tout, un temps pour tuer, un temps pour guérir, un temps pour la haine, un temps pour l'amour, un temps pour la guerre, un temps pour la paix. »

Robert aimait ce grand roi biblique qui associait la piété à la sagesse et bâtissait le temple de l'Éternel tout en jouissant de la vie. Sans hésitation, il avait choisi Salomon comme nom de code dans la Résistance.

À présent, il se sentait plus libre quand il partait à Thiviers sans sœur Philomène. La désorganisation des chemins de fer l'obligeait souvent à faire le chemin à bicyclette. Ainsi elle était hors de danger... et elle n'entravait pas ses mouvements. Thérèse se sentait trahie et abandonnée. Une sourde rancœur montait en elle contre les résistants, ces traîne-savates qui lui volaient son amour.

Ce soir-là, Robert avait gagné le maquis du colonel Tourniac, en pédalant à toute vitesse. La TSF avait lancé par deux fois l'indicatif : « La puce a giflé l'éléphant » ; le parachutage d'armes qu'ils attendaient depuis si longtemps était pour cette nuit. Ils avaient balisé le terrain de Planaud, bien dégagé au sommet d'une colline. Avant la Première Guerre, il s'y était déjà tenu un grand meeting aérien. Un peu avant minuit, les feux furent allumés. Les résistants avaient réquisitionné des charrettes de paysans, avec bœufs et chevaux, car il fallait au plus vite transporter les caisses à l'abri. On entendit soudain ronronner les quatre moteurs du Lancaster. L'appareil invisible tournait en rond, semblant ne pas voir le signal ; la nuit, pourtant, était claire. Le pilote piqua vers le sol et fit un passage en rase-mottes. Sous le rugissement soudain des puissantes machines et la silhouette du grand oiseau surgi du noir, tous se couchèrent au sol. Le pilote repéra enfin la zone de largage et le code lumineux, la lettre X qui lui indiquait la direction du vent. Il reprit de l'altitude et aborda le terrain dans le bon sens, comme pour un atterrissage. Seize corolles blanches, des voiles de caravelles, s'épanouirent ; sous lesquelles se balançaient lentement les containers. Deux maquisards se précipitèrent à leur rencontre; ils manquèrent de peu d'être assommés par les fûts de métal et se retrouvèrent enfouis sous les parachutes. Ils se relevèrent en riant sous la toile de soie, spectres hilares, véritables blasons du bataillon Fantôme. Les seize cylindres, répartis dans les tombereaux, furent transportés jusqu'au repaire secret où l'on procéda à un inventaire minutieux. Il fallait répertorier le matricule de chaque arme et rendre compte au COPA (Coordination Opérations Parachutages Atterrissages) de la Dordogne que dirigeait une jeune Lorraine.

Une heure après, tout avait disparu. Les partisans regagnèrent la forêt profonde avec leur butin. On aurait dit des enfants après le passage du Père Noël: des fusils modernes, des mitraillettes Sten, vingt fusils-mitrailleurs Bren, des colts pour les officiers, des bazookas, des grenades, du plastic. Yachvili s'empara d'un Piat antichars.

– Je veux bien apprendre à me servir de ça! dit-il en riant. Avec mon Sturmovik, j'avais déjà détruit dix panzers avant qu'ils ne me descendent.

Robert partageait la joie de ses camarades. Il aurait bien empoigné une arme lui aussi, mais sa condition de prêtre le lui interdisait.

– Après tout, au diable la soutane ! jura-t-il.

Ici, il était vêtu d'un pantalon de velours et d'un tricot, comme tous les autres. Il se saisit d'une mitraillette. Ce n'était pas son genre de se laisser jeter aux lions sous la seule protection de la prière, en tout cas, pas sans avoir essayé de mordre le fauve.

Philippe constatait avec tristesse la dérive de son ami. Chaque jour un peu moins prêtre, chaque jour davantage guerrier, il sentait bien qu'il allait arriver à un point de rupture. On ne peut impunément mener plusieurs vies à la fois, se ménager toutes les portes de sortie au gré de son seul désir. La seule bonne chose, c'est qu'il semblait moins préoccupé de Thérèse. Ils n'en avaient parlé qu'une fois, le soir où sœur Philomène s'était confiée à Philippe. Depuis lors, un terrible silence s'était fait là-dessus entre les deux amis. À présent, Philippe le voyait bien, Robert était en train de changer de maîtresse. Mais que valait-il mieux pour un prêtre :

aimer une femme ou aimer la guerre ? Si au moins sœur Philomène, elle, pouvait retrouver la paix, rentrer dans la maison de Dieu...

Philippe ne pouvait suivre Robert sur ce chemin. Il avait la responsabilité de l'institution et des enfants, et bien des secrets à conserver. En aucun cas, il ne voulait se départir de son rôle de prêtre. Cet été, il avait passé deux semaines de vacances dans le château familial des Vassal, près de Sarlat. Sa mère l'avait trouvé fatigué, il travaillait trop, ne venait pas assez souvent. Pendant quelques jours, il avait côtoyé son père. Celui-ci paraissait lucide : les Allemands allaient perdre la guerre. Mais lui-même entendait rester fidèle au gouvernement légitime du maréchal Pétain. Philippe tenta de lui ouvrir les yeux : la collaboration se plaçait maintenant sur un plan militaire ; les alliés ne feraient pas de différence entre soldats allemands et miliciens français. Les plus compromis seraient considérés comme des traîtres. Son père ne voulut rien savoir ; il n'attendait rien de bon des aventuriers de Londres et d'Alger ! Philippe avait envie de révéler à son père ce qu'il faisait pour les enfants juifs, envie de l'aider à choisir une morale vraiment chrétienne, de le rendre complice de quelque chose de bien qui pourrait parler en sa faveur après la guerre, mais il n'en fit rien. Jamais son père n'aurait dénoncé un juif, mais il ne voulait pas prendre le moindre risque. En fait, le père et le fils se ressemblaient ; ils étaient tous les deux des hommes de devoir. Avec quelque inquiétude, Philippe se demanda ce qu'il aurait fait s'il n'avait pas été prêtre.

XI

On appelait « légaux » ces hommes et ces femmes qui menaient une existence normale, travaillaient comme ils l'avaient toujours fait, habitaient à leur adresse et rendaient possible l'existence de groupes militaires dissimulés dans les bois et les grottes de Dordogne. Certains étaient des agents dormants, attendant l'ordre de rejoindre leur bataillon qui ne pouvait pas nourrir tout le monde. Contrairement aux maquisards, les légaux bénéficiaient de cartes d'alimentation. D'autres, comme Robert, servaient d'agents de liaison entre les groupes, hébergeaient au besoin un homme en mission ou en fuite, cachaient des armes chez eux, ravitaillaient les combattants de l'ombre ou recrutaient de nouveaux membres pour les réseaux. Chacun utilisait ses compétences. Le médecin venait examiner les malades et les blessés graves, laissait des médicaments et des instructions et, parfois, obtenait une hospitalisation auprès d'un chirurgien ami.

Le boulanger, le boucher, les paysans fournissaient la « sacrée boustifaille », plus précieuse que de l'or en barre. Les résistants devaient souvent la disputer à une population déjà en manque, la détourner de sa destination officielle et cela n'allait pas toujours sans mal. Au cours de l'été 1943, ordre avait été donné de retarder par tous les moyens le départ des récoltes pour l'Allemagne. Les maquisards confisquèrent les courroies des machines pour empêcher le battage du blé, mais les agriculteurs ne voulaient pas voir pourrir sur pied le fruit de leur travail. Des charrettes prirent la direction des campements plutôt que la route de Berlin. Mais les paysans n'acceptaient pas toujours de bonne grâce d'être réglés avec des bons de réquisition de la Résistance, véritable monnaie de singe payable après la guerre. Pourquoi pas aux calendes grecques ! Il fallait aussi surveiller, et parfois combattre et châtier, des bandes de voleurs qui prétendaient lever les récoltes au nom de la France combattante.

Jusqu'à l'invasion de la zone Sud par l'armée allemande, il n'avait pas été trop dangereux d'avouer des sympathies pour une Résistance, au demeurant peu active. Nombre de personnes ayant ainsi affiché leurs opinions servaient de relais pour ceux qui voulaient gagner le maquis, en particulier pour les jeunes qui fuyaient le STO. C'était le cas des époux Charazac, un couple de fermiers des environs de Thiviers. Trop âgé pour s'engager dans la lutte armée, Amédée Charazac fournissait à la Résistance des vivres et des soldats. Il accueillit donc tout naturellement le jeune homme bien mis, réfractaire au travail obligatoire en Allemagne, et qui arrivait de Périgueux en compagnie d'un juif nommé Jakob. Le père Charazac respecta la procédure ; les deux hommes furent longuement interrogés par trois partisans. Zimmermann questionna Jakob sur la communauté israélite à laquelle il avait appartenu. Le lieutenant Muller, un Alsacien calme et expérimenté, parlait tantôt en alsacien, tantôt en allemand et écoutait attentivement les réponses. Il fut entièrement satisfait. Policier de son état, René Travers cuisina savamment le jeune Français avec professionnalisme. Il lui parut hésitant et friable dans ses convictions. Ils les conduisirent ensuite au campement où ils furent laissés à l'écart. Enfermés dans une baraque en bois, ils devaient attendre la fin de la nuit pour rencontrer les responsables.

Le lendemain matin, la fenêtre était brisée et le local vide. Prévenu aussitôt, le colonel Tourniac fit doubler les guetteurs. Il hésitait à ordonner l'évacuation du camp ; les deux hommes avaient-ils renoncé devant la stricte discipline militaire qu'on voulait leur imposer (ils n'auraient pas été les premiers), ou s'agissait-il d'espions ? Par précaution, les éléments lourds, armements, ravitaillement, furent dispersés. Tourniac n'eut pas à attendre longtemps la réponse à sa question. Au milieu de l'après-midi, un contingent de trois cents miliciens et soldats allemands encercla la forêt. Amédée Charazac fut abattu et sa femme, devenue folle sous la torture, fut déportée. Le juif Jakob était en fait le SS Willinger, guidé par un complice français. Véritable furet, le nazi parvenait à s'infiltrer, sous les déguisements les plus divers, dans les réseaux les plus fermés et fut à lui seul responsable de bien des morts et des emprisonnements. À partir des renseignements recueillis, Michel Hambrecht, le chef de la Gestapo de Périgueux, avait soigneusement préparé l'opération, avec le capitaine Marquet, de la Milice, qui dirigeait en personne l'attaque.

Tourniac prit vite conscience de la gravité de la situation. Par ses sentinelles, il savait les ennemis trop peu nombreux pour boucler et fouiller complètement la forêt. Il restait donc une chance de passer entre les mailles du filet, en évitant un affrontement direct.

– Nous fuirons par le nord-est et nous nous disperserons dans la profondeur des sous-bois, dit-il à ses hommes. Les Allemands hésiteront à s'y enfoncer et ils ne pourront évoluer qu'avec une extrême lenteur. Muller, prenez dix hommes avec un fusil-mitrailleur. Vous les retarderez aussi longtemps que possible.

Le soldat posté en avant-garde attendit le dernier moment pour ouvrir le feu avec sa mitraillette ; il ne voulait tirer qu'à coup sûr. Une rafale le coucha derrière le chêne qui l'abritait. Après un long échange de tirs, le commando de Muller, se dissimulant derrière un rideau de grenades, se replia dans la forêt, laissant trois tués derrière lui. Les attaquants avançaient lentement, mais leur nombre donnait l'impression qu'ils progressaient à pas de géant. Les sous-bois ne laissaient entrevoir que les silhouettes bleues des miliciens et celles vert-de-gris des Allemands. Les maquisards reculaient en tirant au jugé. Des obus de mortiers tombaient un peu partout, criblant les arbres d'éclats tranchants.

Robert courait à perdre haleine à travers la chênaie. Il avait quitté le camp parmi les premiers, dans un petit groupe que commandait le lieutenant Lavergne. Ils étaient tombés sur un parti de miliciens et, à présent, fuyaient entre les arbres. Robert entendait les balles siffler à ses oreilles, fracasser les branches et frapper le feuillage. Il se retournait parfois, ne voyait que des ombres. Un ennemi invisible semblait les envelopper. Régulièrement, un bruit de mitraillette éclatait près de lui : un résistant répliquait. Il courait à côté de Christine Malefosse, l'infirmière ; derrière eux, Lavergne couvrait leur fuite. En cet automne brumeux, leurs pas martelaient le sol terreux, déjà recouvert d'un épais tapis de feuilles mortes et le bruit de leur course semblait les désigner à l'adversaire.

Robert entendit un cri de douleur ; une balle venait de fracasser l'épaule du lieutenant qui boula comme un lapin. Il s'avançait pour le secourir quand il vit Christine se précipiter vers le blessé. Elle s'empara de son colt et, posément, vida le barillet en direction des silhouettes bleues qui disparurent, comme dissoutes, dans les buissons. Robert chargea l'officier sur ses épaules, et ils reprirent leur course. Au bout d'un interminable quart d'heure, ils purent enfin s'arrêter et donner les premiers soins à Lavergne. Derrière eux, l'ennemi avait cessé sa traque. Le lieutenant geignait doucement ; il avait perdu beaucoup de sang. Quand l'hémorragie fut stoppée, Robert et Christine bandèrent son épaule très serré pour qu'il souffre moins. Ils sursautèrent en entendant des pas ; c'étaient cinq maquisards qui les cherchaient. D'une couverture, ils firent un brancard de fortune et emportèrent le blessé. Robert et Christine restèrent seuls.

Les vêtements de Robert étaient encore souillés du sang de Lavergne. Ils s'assirent contre un talus. Elle lui proposa une cigarette. Il ne fumait pas, mais accepta ; étrangement, il en ressentait le besoin. Ses nerfs se détendaient peu à peu, comme après un match, et à mesure que le cylindre de tabac se consumait entre ses doigts, son cœur reprenait son rythme normal. Quelle sacrée course, et quelle frousse ! Christine s'approcha de lui :

– Toi, curé, tu me plais, lui dit-elle.

Elle se pencha vers lui. Les lourds anneaux roulés de ses cheveux noirs lui caressèrent le visage ; elle l'embrassa.

XII

Le maquis se reconstitua dix kilomètres plus au nord, dans un emplacement prévu à l'avance. L'ancien campement pourrait être réutilisé plus tard, les Allemands n'y ayant pas laissé de garnison. Cinq hommes avaient été tués et une douzaine d'autres n'avaient pu rejoindre leurs camarades. La liaison avec Thiviers étant momentanément coupée, Robert dut rester une semaine entière au maquis, en attendant que le calme revienne. Il la passa auprès de Christine.

Christine, tous la respectaient et tous l'aimaient. Grande, forte, le cœur vaste comme ses nichons, disaient les hommes, elle aurait pu être un de leurs chefs, si Tourniac n'avait pas été aussi à cheval sur les principes. Elle avait couché avec tous ceux qui avaient su lui plaire. Son attitude aurait paru scandaleuse en temps ordinaire, aux yeux d'une morale établie, mais la guerre excusait bien des choses. Seule femme dans ce monde d'hommes, elle était leur mère, leur sœur, leur épouse ; elle soignait leurs blessures, les consolait quand ils avaient du vague à l'âme ; elle était la Madelon qui leur servait à boire. Elle portait des pantalons, fumait et faisait le coup de feu comme un homme. Bref, l'image même de la Marianne républicaine, celle qui montait sur les barricades, le drapeau français à la main, l'image de cette République foulée au pied par l'État de Vichy.

L'amour avec Christine était très simple : pas de passion, une hygiène de vie et une saine camaraderie. Robert et elle avaient eu peur ensemble, ils avaient fait face ensemble pour secourir l'officier blessé. Cela les avait rapprochés plus intimement que n'importe quel sentiment. Leur entente physique était parfaite, Robert avait toujours apprécié les grandes femmes. Quand elle le tenait serré dans ses fortes cuisses, prisonnier de ses longues jambes, il était au paradis, sans regret ni remords. Avec Christine, il n'y avait pas de lendemain, pas d'adieu, pas de toujours, mais un « quand je veux ». Il ne l'associait pas à des promesses, à des engagements d'avenir, à une pérennité des choses, mais à une certaine odeur de forêt et de feu de bois, au goût d'une cuisine primitive, à une fragrance d'automne, un parfum de violette et aux rires des camarades. Cet amour ne s'adressait pas à son esprit, mais à ses sens ; il possédait un piment inimitable. Robert s'aperçut qu'il ne riait jamais avec Thérèse. Malgré toute sa flamme, son émotion débordante, l'amour de Thérèse conservait quelque chose de littéraire, d'immature, comme une image d'Épinal. Il sentait chez Christine une aptitude au bonheur, concret et éphémère ; sœur Philomène vivait trop dans le rêve et le désir de pureté pour être jamais heureuse.

Pour l'essentiel, le métier de soldat se passe à attendre. C'est au cinéma que l'on voit les héros enchaîner action sur action. Là, dans la forêt, le groupe armé devait être comme un chat qui dort, détendu, mais prêt à sortir les griffes à tout instant. Le maquis ressemblait à un vaste camp de scouts, où l'on avait souvent faim et froid, parfois peur, mais où régnait une bonne humeur et une intense camaraderie, une authentique fraternité. Robert se demandait souvent si c'était cela que son père avait éprouvé dans les tranchées.

Lui, en tout cas, il aimait ces hommes. Les trois Espagnols, par exemple, anciens des Brigades internationales, qu'il regardait rejoindre le bivouac après une corvée de bois. Ils avançaient à travers un bosquet de châtaigniers, les feuilles mortes craquaient sous leurs pas. Petits, trapus, vêtus de toile claire et coiffés d'un vaste béret noir, ils ressemblaient à des champignons géants, de ces bolets « tête de nègre » qui amélioraient si bien l'ordinaire, servis avec des lapins de garenne que l'on piégeait au collet. Le gibier était abondant, après trois ans d'interdiction de la chasse et l'autorisation qui venait d'en être rendue ressemblait à une mauvaise plaisanterie, puisque la possession d'un fusil était sévèrement punie. Seuls les maquis profitaient de l'aubaine.

Les soirs à la belle étoile, autour des feux de camp, une véritable communion s'établissait entre les hommes.

– Chante, chante-nous quelque chose, disait-on à Pablo, le jeune Espagnol qui avait pris le maquis avec sa guitare.

– Chante-nous une chanson de fesses, Pablo !

Pablo ne connaissait que des chansons tristes, mais elles montaient très haut dans le ciel. Un groupe de juifs polonais reprenaient des mélopées ashkénazes, et Yachvili, de sa voix de basse, un chant russe, tout en caressant son Piat lance-grenades, une sorte de court mousqueton qui commençait comme un fusil pour se terminer par une espèce de petit panier métallique muni d'une bonde qui empêchait la pluie d'entrer dans le canon. L'engin n'avait pas l'air vrai, on aurait dit un jouet d'enfant, une carabine à bouchons ; c'était une arme redoutable, et un sujet de plaisanterie.

– Nous allons percer les tonneaux et mettre en bouteilles le vin de la Résistance, disait-il à un bleu. Prends ça ; c'est une machine dernier cri pour boucher les bouteilles, je l'ai piquée dans la cave de la Kommandantur. Tu mets le bouchon là, au bout, tu couches la bouteille et tu appuies sur la détente.

Le jeune partait tout fier, avant de déclencher l'hilarité de ses camarades, et de les rejoindre tout penaud, comme un qu'on a envoyé chercher de l'huile de coude.

C'était ici, pour Robert, que le mot « catholique » retrouvait son sens étymologique d'universel. Là, dans cette forêt de Dordogne, s'étaient retrouvés des Espagnols, communistes et anarchistes qui s'étaient affrontés à Barcelone, cinq ans plus tôt, quelques Géorgiens dont on ne savait plus trop les opinions, tant ils avaient vu de pays et changé d'uniformes, des Alsaciens et des Lorrains qui avaient perdu leur patrie intime, dévorée par l'ogre nazi, des juifs de Pologne et de l'est de la France, et même un tirailleur sénégalais que l'on surnommait « Périgord Noir », ce qui le faisait rire de toutes ses dents. Les Alsaciens et les Lorrains, Hitler leur avait fait « l'insigne honneur » de devenir citoyens allemands, leur accordant le grand privilège de mourir sous l'uniforme du Reich. Préférant l'inconfort à la honte, ils avaient massivement choisi le maquis. Les classes sociales aussi étaient mélangées, abolies. Dans la même tenue dépenaillée, le fils de famille et l'ouvrier partageaient le pain et le bout de saucisson, un repas que nul autre, des plus raffinés, ne leur ferait jamais oublier. Le bataillon avait même son monarchiste, un propriétaire terrien qui, pour rien au monde, n'aurait crié « Vive la république », mais qui, au nom de ses propres valeurs, combattait le nazisme. Le christianisme et le marxisme se rejoignaient au maquis en une même morale. Lorsque le commandant Masclat venait voir le lieutenant Lavergne, instituteur dans le civil, ils échangeaient des mots étranges et des signes mystérieux ; on les disait francs-maçons.

Les communistes espagnols défendaient la politique de Staline contre Yachvili et ses Géorgiens qui avaient goûté au bonheur communiste et doutaient des lendemains qui chantent. Lorsque Yachvili décrivait la médiocrité de la sécurité aérienne russe, Diego, le chef ibérique, répliquait qu'un avion construit par des ouvriers soviétiques et pilotés par des militaires communistes ne pouvait s'écraser que par la faute de saboteurs. Quelle foi ! Staline était son Dieu. Yachvili le renvoyait à Robert, en disant qu'il valait mieux un Créateur invisible et un peu plus éloigné des humains ; ceux-ci avaient ainsi plus de place pour respirer.

Le sergent Thompson, mitrailleur d'une forteresse volante abattue au-dessus de Nantes, avait choisi de poursuivre la lutte dans le maquis, affirmant qu'on y mangeait mieux qu'en Angleterre. Ce virtuose du FM avait débarqué un beau jour, les poches garnies de chocolat et de chewing-gum, et d'une forte somme d'argent destinée à faciliter son évasion. Son foulard de soie portait en impression une carte détaillée de la France. Avec sa solde de sous-officier, supérieure à celle d'un capitaine de l'armée française, et ses discours optimistes, il faisait rêver ceux qui avaient tout perdu et songeaient à une vie nouvelle sous des cieux plus fortunés. Son paradis à lui n'était pas celui des communistes mais les disputes n'allaient jamais bien loin. Tous remettaient à après la guerre la résolution des problèmes politiques. Retour de la république, du roi, ou révolution internationale, on verrait ; il fallait d'abord vaincre le nazisme, le mal absolu.

Robert aimait discuter avec les juifs, issus, comme les chrétiens, du même ventre maternel de la Bible. Zimmermann, l'Alsacien, traduisait pour les trois Polonais qui ne s'exprimaient qu'en yiddish. Il passait aussi de longs moments avec Lucien Muller, un protestant de Colmar féru de théologie et songeait avec un sourire à la chanson de Maurice Chevalier : « Et tout ça, ça fait d'excellents Français.» Maurice Chevalier, en voilà un qui ferait mieux de moins fricoter avec les Boches! Après la Libération, il pourrait numéroter ses abattis.

Il semblait à Robert que le Périgord, vieux pays où tant d'hommes, tant de races, de religions, étaient passés, réunissait aujourd'hui sur son sol un résumé de l'humanité tout entière. Région pauvre et isolée, il était devenu un petit monde à lui tout seul. Sa géographie de bois, de collines et de grottes; ses habitants, Gaulois querelleurs et indisciplinés, croquants toujours en révolte contre quelque seigneur ou quelque injustice, qui ne se sentaient français qu'à la seule vue de leur clocher, paraissaient l'avoir destiné depuis toujours à être une terre de Résistance. Le Périgord avait l'âme rebelle et celui de 1943 ressemblait à celui de la guerre de Cent Ans quand des «Anglais» et des «Français» mercenaires ou parlant l'occitan s'y étaient affrontés en des luttes fratricides. Aujourd'hui, des armées de volontaires traversaient, transcendaient les cultures et les langues: Français contre Français, Allemands contre Alsaciens, Soviétiques revêtus de l'uniforme germanique. Républicain et jacobin, le colonel Tourniac tenait à mélanger les hommes à l'intérieur du bataillon, pour mieux intégrer les oppositions et éviter les tentations fractionnelles. Mais il savait également que ses hommes aimaient se regrouper par langue et origine, aussi organisait-il des commandos espagnols, géorgiens ou lorrains, ce qui contribuait à donner du maquis une image terrifiante d'armée étrangère, et alimentait la propagande de Vichy. Le bataillon Fantôme avait de multiples visages et de multiples voix : les Polonais, pas plus que Thompson, ne se mirent jamais au français ; certains Catalans ne comprenaient que l'occitan voisin. Mais tout cela finissait par se fondre en un langage inimitable, un sabir, un pidgin, un espéranto que tous comprenaient. Les bois résonnaient de ce parler étrange qui était la véritable langue du maquis. Une vraie tour de Babel ! Oui, mais il semblait à Robert que jamais Dieu n'avait été si présent, ni si proche que dans ce lieu où des êtres si différents participaient activement au plan divin. Ce qu'il avait cherché en vain dans les couloirs capitonnés des évêchés et les directives du Vatican, c'était ici qu'il l'avait trouvé, sous les chênes, dans le vent.

XIII

LE SEPTIÈME JOUR, Robert put regagner Périgueux en profitant de la Juvaquatre et du laissez-passer du Dr Dubois. Robert et Philippe tombèrent dans les bras l'un de l'autre. Philippe, sans nouvelles de son ami depuis une semaine, était mortellement inquiet. À son directeur, Robert expliqua que toutes les liaisons entre Thiviers et Périgueux avaient été interrompues du fait de l'opération allemande ; par chance, c'était vrai. À Philippe, il raconta toutes ses aventures, aussi bien sentimentales que militaires. La vie reprit un cours plus calme ; le nouveau résistant la trouva vite ennuyeuse.

Philippe était un peu rassuré d'avoir retrouvé le Robert infidèle d'autrefois. Son attachement pour sœur Philomène était donc moins fort qu'il l'avait redouté, puisqu'il lui suffisait d'une semaine dans les bois pour recommencer à jouer au faune. De son côté, il n'avait pas cherché à revoir la jeune femme qui avait hanté quelques-unes de ses nuits. Il ressentait pour elle une pitié sincère, devinait qu'elle devait souffrir d'avoir placé toute sa vie, tout son être entre les mains d'un homme qui morcelait la sienne et dont elle n'avait que la plus petite part.

Il s'inquiétait davantage de l'attirance de son camarade pour cette vie de sauvage avec les maquisards. Philippe craignait de le voir disparaître dans la clandestinité, engagé comme aumônier du maquis. Dieu, il est vrai, devait être présent partout, mais Philippe avait peur pour son ami, peur qu'il soit blessé ou tué. Peur aussi qu'à manier les armes en même temps que les filles, il perde tout à fait la foi.

Robert, cependant, avait retrouvé sœur Philomène et repris ses amours, sans le moindre sentiment de culpabilité ; il continuait, comme il l'avait toujours fait, à cloisonner son existence. Mais il ne pouvait dissimuler son enthousiasme pour la Résistance armée, même s'il savait que la religieuse en désapprouvait les méthodes, et peut-être les buts. De son côté, Thérèse ne voyait que trop à quel point son amant avait changé. Il cherchait moins souvent à la voir, ne faisait pas beaucoup d'efforts pour créer des occasions. Lui, naguère si empressé, était devenu plus distant. L'amour passionné, absolu, de sœur Philomène ne pouvait accepter cet attiédissement de leurs relations. Elle avait un besoin impérieux de lui, de son corps et de ses caresses, et ne concevait pas d'existence loin de lui. Elle ne soupçonnait pas son infidélité, mais commençait à jalouser cette Résistance qui avait visiblement plus de charmes qu'elle à ses yeux.

Robert rongeait d'autant plus son frein que les actions des résistants se multipliaient et que son groupe, fragilisé par l'attaque qu'il avait subie, semblait laissé à l'écart. Près de Cadouin, dans le sud du département, un sous-officier allemand avait été abattu. Victime des infiltrations de la Gestapo, le groupe Mars, le voisin occidental du maquis de Thiviers, venait d'être anéanti, ses chefs arrêtés à Périgueux après une courte lutte et le camp investi début novembre. Les membres du réseau furent déportés ou fusillés, les déserteurs géorgiens les premiers. Cette fois encore, Tourniac sut protéger ses hommes ; le bataillon Fantôme passa inaperçu.

En riposte, une section du MOI, venue de Toulouse, fit sauter l'hôtel Rhin-et-Moselle, place du Palais, siège de la Feldgendarmerie. Une seconde bombe faucha les survivants qui tentaient de sortir des décombres. Le lendemain 10 novembre, les nazis opérèrent une vaste rafle parmi les juifs de Périgueux. La presse collaborationniste se déchaîna contre ces malheureux : « Les principaux chefs du maquis de la Dordogne… Goldmann Weizyslow, juif tchécoslovaque, Jézéquiel Jacques, juif né à Vilna. Sont-ils français ? Non. Qu'ont-ils fait pour la France ? Rien, et ils l'achèvent. Juifs aussi ceux qui, de Londres, lancent au nom du patriotisme de vibrants appels à la lutte et au meurtre… »

Cette fois, ni Philippe ni Robert n'avaient pu agir pour protéger la communauté israélite de Périgueux. Comme ils sortaient d'une audience avec l'évêque, qui leur avait dit son impuissance, ils tombèrent sur le chanoine Bourmont.

L'homme ne leur avait jamais été sympathique. Antisémite et grand admirateur des nazis, il s'était rallié au christianisme aryen prôné par ces derniers, et dénonçait haut et fort « les hors-la-loi, les bandits juifs et orientaux, la barbarie du communisme païen et le complot judéo-maçonnique ». Philippe avait bien tenté d'attirer son attention sur l'hostilité foncière de l'hitlérisme envers le catholicisme, mais l'autre l'avait rabroué, et depuis lors, ils s'évitaient. Robert, lui, ne lui adressait pas la parole. Il ne pouvait s'empêcher de comparer, à son avantage, l'union de la Résistance, malgré les différences des membres qui la composaient, l'impression d'ordre qu'elle donnait, avec l'éclatement, l'écartèlement, la dispersion de l'Église catholique à un moment où elle aurait pu constituer le ciment moral si nécessaire au monde. Elle mélangeait maladroitement des prêtres engagés dans le combat pour la liberté et pour une certaine idée de l'Homme, comme Philippe et lui-même, des évêques timorés, soucieux de ne déplaire à personne et n'osant opposer à l'ordre établi une éthique supérieure, et des clercs renégats, attirés par le mal, qui voyaient dans le nazisme l'occasion de justifier leurs propres turpitudes, comme le chanoine Bourmont.

Par ailleurs, Bourmont était dangereux. Son engagement auprès de la Milice se confirmait chaque jour. Il avait des relations haut placées, étant l'ami personnel de Mgr Mayol de Lupé, évêque de la Légion des volontaires français contre le bolchevisme. Robert ricanait en prononçant le mot « ami » car les mœurs du prélat étaient notoirement connues, et nombre de ses hommes craignaient qu'il ne leur mît la main aux fesses. Sa photo, en uniforme d'officier de l'armée allemande, la croix de fer au col, en couverture de *Signal*, avait fait le tour de l'Europe. Bourmont l'admirait, le vénérait comme son maître, rêvait de l'imiter et de combattre à la tête des miliciens, pour la défense de l'Occident chrétien.

Il avait rallié autour de lui tout ce que Périgueux comptait de Français rancis, moisis, aigris, privés de pouvoir, des gens étroits qui savouraient, dans l'égout de leur esprit faible, leur revanche sur ceux qu'ils croyaient responsables de leur propre médiocrité, et que la défaite avait fait sortir de leurs trous comme des cafards. Il s'entourait de catholiques

hypocrites et superstitieux, qui aurai
perdre la foi à Dieu lui-même, et d'hom et de femmes à la loyauté rêche et sans compassion. N'était-ce pas ce que l'on reprochait à Pétain : cette indifférence de vieillard ?

Bourmont apostropha les jeunes prêtres, et leur annonça triomphalement qu'ils pourraient prier pour leurs amis juifs, maintenant que Périgueux était débarrassée des poux qui lui souillaient la tête. À partir de là, tout alla très vite, et Philippe n'eut pas le temps de retenir Robert. Celui-ci se précipita sur le chanoine, le souleva, malgré sa corpulence, par le devant de sa soutane, et l'agonit d'injures pour ses opinions, son racisme, pour ses mœurs, criant même qu'on ne pouvait le laisser seul avec les enfants de chœur, puis le précipita au sol.

Bourmont redressa le buste et menaça de le faire arrêter par ses amis allemands. Robert se retourna et pointa vers lui un index qui aurait pu être une arme :

– Les Boches vont perdre la guerre, lâcha-t-il, et toi, tu vas te retrouver devant un peloton d'exécution.

Puis il sortit en claquant la porte. Philippe se demanda un instant s'il devait aider le gros homme à se relever, mais préféra suivre son ami au pas de course.

Ce fut un Robert furieux qu'il rattrapa sur le parvis de l'évêché.

– Robert, je t'en prie, reprends-toi, garde ton calme ; c'est trop grave.

L'autre dévalait les marches en feignant de ne pas entendre.

– N'oublie pas tes responsabilités vis-à-vis des enfants et de la Résistance, poursuivit Philippe, haletant. Tu sais ce que je pense de Bourmont, mais nous devons préserver les apparences. Toi, surtout.

Mais Bourmont était aussi lâche que fanfaron et les menaces de Robert avaient porté. Il se contenta de se plaindre à l'évêque et exigea des excuses publiques. Robert ne se soumit jamais à la demande épiscopale.

XIV

L'AUTOMNE 1942 avait vu la guerre basculer, la victoire des alliés paraissait, à terme, inéluctable, et les effectifs de la Résistance s'étaient considérablement renforcés. L'automne 1943 fut celui de la grande fracture du peuple gaulois. La police nationale et, plus encore, la Milice, participaient activement à la répression contre la France combattante ; la théorie du « bouclier du Maréchal » protégeant l'ensemble de la population ne tenait plus. On ne pouvait, à la fois, se revendiquer de la légalité de Vichy et de l'esprit de Londres. Ici Londres, ici Vichy, les Français tiraient sur les Français. Des patriotes qui avaient préféré se rendre, plutôt que d'ouvrir le feu sur les forces de l'ordre de leur pays, avaient été déportés ou fusillés. À présent, la Résistance ne faisait plus de différence entre les Allemands et les Français qui combattaient à leur côté. Chacun devait choisir son camp.

À Sainte-Foy-la-Grande, près de Bergerac, vivait Roger Verdier, responsable du service de propagande local. Neveu du très respecté cardinal Verdier, c'était un être sans scrupule, âme damnée du secrétaire d'État à l'Information, Philippe Henriot. Fin novembre, les résistants lui tendirent un piège dans son château de Riolaud, où il jouait les hobereaux. Il s'en tira avec une légère blessure, mais fut néanmoins hospitalisé à Sainte-Foy. Bien décidés à avoir sa peau, trois membres de l'Armée secrète, déguisés en gendarmes, parvinrent à s'introduire dans la clinique, des armes dissimulées sous leurs amples pèlerines. Lorsqu'ils pénétrèrent dans la chambre, Verdier flaira le danger et voulut se précipiter sous le lit. Deux rafales de mitraillettes eurent raison de lui. Sa femme et sa belle-sœur se trouvaient dans la pièce. Elles n'étaient pour rien dans ses crimes, mais elles avaient vu les visages des combattants de l'ombre, elles pourraient les identifier. Elles furent exécutées.

Cet événement fut la cause indirecte de la rupture entre Robert et sœur Philomène. Mme Verdier et sa sœur étaient des amies intimes de la mère de Thérèse, elle les avait souvent rencontrées, chez elle, à l'heure du thé. Leur exécution renforça l'image de voyous et d'assassins qu'avaient les maquisards chez ceux qui prenaient encore le thé. Comment Robert pouvait-il rester avec des gens pareils ?

Sœur Philomène, que la réflexion politique avait toujours ennuyée, fut profondément choquée par l'assassinat des deux femmes innocentes ; elle se trouva convertie brutalement, comme par révélation, à la religion pétainiste. Ses parents, ses supérieures du couvent, tous fervents admirateurs du Maréchal, l'y avaient inconsciemment préparée. Et puis Pétain voulait la paix ; tous les vrais pacifistes, ceux qui ne supportaient pas l'idée d'un nouveau Verdun, le soutenaient. Ils préféraient être vert-de-gris que morts, mais ils mourraient quand même, c'était un marché de dupe. Sœur Philomène aussi voulait la paix, puisque la guerre lui enlevait Robert, puisque l'homme à qui elle donnait son corps et pour qui elle damnait son âme lui préférait ces soi-disant soldats, vêtus de loques, et qui se cachaient. Dans l'esprit de la jeune femme, un militaire, ça courait sus à l'ennemi, baïonnette au canon, comme son propre père l'avait fait, ça tenait le front, ça chargeait à cheval, sabre au clair, ça pilotait, en costume chatoyant, des avions vifs ou de somptueux navires, ça dansait en grand uniforme. Ceux qui se dissimulaient au fond des bois, c'était donc qu'ils n'avaient pas la conscience tranquille. Si ce n'était pas le cas, d'ailleurs, pourquoi le Maréchal enverrait-il sa police à leurs trousses ? Voleurs, comploteurs, tueurs, il y avait tout à craindre d'eux. Ils étaient tous à la solde de Moscou, et, dans les profondeurs de la forêt, préparaient la révolution bolchevique. Les cinq ou six visages qu'elle avait pu identifier, les quelques noms que Robert lui avait glissés à l'oreille, à l'heure des confidences sur l'oreiller, ne lui inspiraient que défiance. Surtout ce Tourniac, qui s'était cousu lui-même des épaulettes de colonel et qui entraînait son amant dans des aventures périlleuses.

Robert ne savait que répondre. À la guerre, il y avait toujours des innocents qui mouraient dans tous les camps. En tant que prêtre, il ne pouvait qu'être opposé à la violence sous toutes ses formes. En tant que résistant, il devait fermer les yeux, serrer les dents. « Il y a un temps pour tout. »

– Si tu m'aimes autant que tu le dis, quitte ces gens ! s'emportait Thérèse. Ils t'ont changé, tu n'es plus le même. Regarde-toi ! Tu reviens chaque fois plus exalté, tu traînes après toi cette odeur de bois et de bête sauvage. Bientôt, tu vas te mettre à tuer, à massacrer, comme eux.

Et comme Robert ne répondait toujours pas, elle jeta tout dans la balance.

– Je quitterai le voile, dit-elle, toi, la prêtrise. Nous fonderons une famille. Nous irons vivre au grand jour, loin d'ici.

– Tu es complètement folle ! répliqua Robert. Tu ne vois pas que tu t'es enfermée dans notre amour comme dans un couvent. Tu es totalement en dehors de la réalité, et tu te figures pouvoir vivre ta petite histoire dans les fracas de la vraie Histoire. Mais, bon sang, regarde autour de toi, Thérèse !

Sœur Philomène pâlit. De tout le discours de son amant, elle n'avait retenu qu'une chose : sa « petite histoire », avait-il dit. Son amour, leur amour, l'offense faite à son habit et à ses vœux, une « petite histoire » ? Une petite histoire, les cris de joie qu'ils s'arrachaient dans la chambre d'Agonac ? Tout ce grand feu qui la brûlait, elle, jour et nuit ? Ah ! Robert, Robert...

Mais Robert s'était lancé.

– Nous faire une vie ! ricana-t-il. Tu n'y es pas du tout, ma pauvre Thérèse ! Il s'agit de ne pas laisser faire la mort, et pour ça, il faut faire la guerre. Tu ne peux vraiment pas comprendre ça ?

Thérèse secouait la tête de droite et de gauche ; ses beaux cheveux blonds s'agitaient désespérément. Non, elle ne voulait pas. Mais Robert non plus ne voulait pas. Il découvrait qu'il n'y avait pas que la guerre, et que la paix les séparerait tout autant. Thérèse n'admettait pas son besoin de liberté, d'une vie forte et multiple. À quoi bon renier son sacerdoce, si c'était pour tomber dans la monotonie d'une existence réglée, balisée ? Après l'amour exaltant avec une religieuse et la grande aventure du maquis, il ne se voyait pas employé de banque ou agent d'assurances, rentrant chaque soir à la maison où une Thérèse qui n'aurait plus rien de sœur Philomène lui aurait mitonné un bon petit plat. À tout prendre, la prêtrise lui semblait une expérience plus excitante.

Jusque-là, protégé par sa soutane, il ne s'était jamais laissé dominer par les femmes. Elles, c'était toujours pareil : elles surestimaient la force et le pouvoir de l'amour. Et même son intérêt, pensa-t-il sans le dire. Il défendit ses camarades, son engagement, décrivit les maquis comme des oasis d'humanité dans un monde en proie à la barbarie. Là, disait-il, on ne connaît ni l'égoïsme, ni la sécheresse du cœur.

Mais il désespérait de lui faire comprendre tout cela, et pressé de mettre un terme à une dispute où il perdait pied, il eut recours à la cruauté et à la lâcheté qui caractérisent souvent les hommes : avancer l'accessoire pour masquer l'essentiel.

– Thérèse, dit-il, en allant s'adosser au mur de la chambre, le plus loin d'elle qu'il fut possible. J'ai besoin d'un peu de recul. Je ne sais plus trop où j'en suis. J'ai eu une aventure avec une fille au maquis. Rien de sérieux. C'est toi que j'aime, tu le sais... mais cela devrait nous faire réfléchir tous les deux. Regagne ton couvent. Nous sommes incapables aujourd'hui de prendre les bonnes décisions. Plus tard, après la guerre...

Le regard dur de Thérèse l'interrompit. Elle s'était levée et s'avançait vers lui, menaçante.

– Ça suffit, Robert, tais-toi ! lui cria-t-elle au visage. Va-t'en ! Tu es comme les autres, un lâche, incapable de choisir. C'est toi qui es venu me chercher ; je n'attendais rien, je n'avais rien demandé. Tu m'as rendue à la vie, à l'amour, et maintenant, tu me renvoies pour réfléchir... C'est tout réfléchi : je ne veux plus te revoir, jamais !

XV

Après sa rupture avec Thérèse qui l'avait à la fois peiné et vaguement soulagé, Robert se lança avec rage dans les opérations militaires. Son groupe reçut comme objectif une gare de la banlieue de Périgueux dont il devait saboter les locomotives. Guidés par un cheminot FTP du réseau Fer, les quatre hommes, le visage noirci au charbon de bois, grelottaient dans cette nuit glaciale de décembre. Robert, sa chevelure claire dissimulée sous une casquette, portait les explosifs. Derrière lui, Michel Lachaud, dit Tintin, gardait la main sur la crosse du pistolet dissimulé dans sa poche. À plusieurs reprises, ils avaient croisé des employés des chemins de fer et des gardes allemands.

Une sirène hurla, figeant le sang dans leurs veines. Étaient-ils repérés ? Ils s'accroupirent contre le remblai de la voie. Les lumières de la gare s'éteignirent ; c'était une alerte aérienne. Des bombardiers britanniques allaient lâcher quelques torpilles sur la poudrerie de Bergerac, ou attaquer sa base d'aviation. Périgueux n'avait encore jamais été prise pour cible par la Royal Air Force ; Périgueux, c'était le terrain des résistants. En tout cas, on n'entendait aucun bruit de moteur.

Les quatre hommes et leur guide profitèrent de l'obscurité pour progresser vers les trois locomotives qui stationnaient un peu en retrait des bâtiments. L'une d'elles était sous pression, son ventre gonflé de vapeur ; la chaudière des deux autres était éteinte. Pendant que Tintin faisait le guet, les trois saboteurs placèrent les charges de plastic aux points sensibles des machines. Dynamiteur, c'était tout un métier et Pablo l'Espagnol, le guitariste aux doigts d'or, était un spécialiste. Leur tâche accomplie, les cinq hommes s'éloignèrent ; il était minuit. Une forte explosion, suivie d'éclairs bleus et jaunes qui zébraient l'obscurité, les assourdit. Deux motrices étaient détruites et la troisième endommagée.

Robert pensa que ces machines les avaient souvent conduits, Thérèse et lui, jusqu'à Thiviers. C'était le bon temps, c'était l'été dernier, il y avait un siècle. Robert venait de faire sauter son passé.

Deux des membres du groupe Mars, anéanti le mois précédent, avaient été longuement interrogés et torturés par la Gestapo. L'untersturmführer Michel Hambrecht y avait apporté un soin particulier, veillant à ce que la douleur atteigne son intensité maximum sans mettre leur vie en danger. Le responsable de la Gestapo de la Dordogne était un monstre froid. Avec son sourire carnassier qui découvrait des dents de loup, son regard glacial, insensible aux cris de souffrance des torturés, il prenait, lors des interrogatoires, une attitude savamment étudiée, comme s'il avait longuement posé devant son miroir pour y construire son personnage, et c'était sans doute le cas. Il faisait penser à un chevalier teutonique, bâtissant un empire sur les cadavres de ses ennemis et la réduction en esclavage des survivants. Comme il n'y avait plus rien à tirer des prisonniers, on les avait conduits à l'hôpital de Périgueux, car les Allemands tenaient à les fusiller en bonne santé. Leur réseau entièrement démantelé, les deux hommes n'attendaient plus aucun secours. Mais Robert, saboteur la nuit, restait infirmier le jour. Tout en soignant les deux maquisards, il les assura qu'il s'occupait d'eux : il préparait leur évasion.

D'abord, Tourniac fut surpris par le plan du prêtre. Fallait-il risquer quatre vies pour tenter d'en sauver deux ? Capturés, ces hommes ne risquaient-ils pas de parler sous la torture ? Mais ce curé enthousiaste à l'esprit de commando lui plaisait. Il lui confia la responsabilité de l'opération. Il serait leur taupe, celui qui préparerait le terrain et leur livrerait la place. Christine, qui connaissait l'hôpital pour y avoir travaillé, et deux jeunes déterminés et courageux, qui se moquaient d'agir à visage découvert, constitueraient l'équipe d'intervention.

Le soir du 9 décembre, Robert, qui assurait la garde de nuit, laissa discrètement ouverte la porte de l'établissement. Tout était silencieux dans les chambres, dont les portes étaient fermées. Il fallait tendre l'oreille pour entendre un malade faire grincer son lit en se retournant, ou, doucement, se plaindre. Malgré les restrictions de charbon, l'hôpital était correctement chauffé et, dans le froid de l'hiver, formait comme une bulle de chaleur qui assoupissait tous ceux qui se trouvaient à l'intérieur. Un vrai palais de la Belle au bois dormant !

Le concierge, les yeux encore remplis de sommeil, eut du mal à comprendre ce qui lui arrivait, lorsqu'il se retrouva nez à nez avec la jeune femme et ses deux complices qui braquaient sur lui de gros pistolets. Ils le bâillonnèrent et l'attachèrent avec soin. Alors Robert sortit de l'ombre et conduisit discrètement la petite troupe jusqu'au long corridor qui menait à la salle des détenus. Là, il resta en sentinelle avec Christine, tandis que les deux jeunes maquisards maîtrisaient le gardien, qui se laissa faire, et pénétraient dans la chambre.

Retenant leur souffle, Christine et Robert épiaient le moindre bruit de l'hôpital endormi. Tout allait bien, ils allaient réussir. Une porte s'ouvrit dans leurs dos, ils se retournèrent.

Robert ne vit d'abord que la cornette blanche, puis les grands yeux bleus écarquillés de surprise. Sœur Philomène les dévisagea l'un et l'autre avec stupeur, puis un éclat d'indignation traversa son regard qui devint plus foncé, outremer, et soudain une immense peine le ternit. Elle se coula sans un mot dans l'embrasure de la porte qui se referma sur elle comme une trappe de théâtre, s'évanouissant dans ses voiles, et Robert se demanda un instant s'il n'avait pas été victime d'une hallucination.

Mais déjà les deux jeunes revenaient vers eux, en soutenant les blessés qui marchaient avec difficulté.

– Tout s'est bien passé ; il faut faire vite, soufflèrent-ils.

Robert les raccompagna jusqu'au portail d'entrée, où ils s'entassèrent dans la traction de Tourniac. Christine le pressa de partir avec eux : il avait été reconnu, il était en danger. Robert préféra rester, comme il était convenu. Dans dix minutes, il découvrirait les gardiens neutralisés, la porte ouverte et les prisonniers envolés. Il donnerait l'alerte. Il ne risquait rien, il avait confiance en Thérèse.

Deux semaines plus tard, d'autres membres du groupe Mars, condamnés à la déportation, furent embarqués dans le train de Limoges. Le colonel Tourniac tenta de libérer, en gare de Thiviers, ceux qui avaient été ses voisins d'armes pendant des mois, avec lesquels il avait échangé des munitions et des provisions. L'opération échoua, mais « Salomon », comme on appelait désormais Robert, avait de nouveau goûté à la guerre. Après l'échec de l'entreprise, il resta quelques jours chez sa mère pour ne pas donner l'éveil par un départ précipité. À chacune de ses visites dans sa ville natale, il se rendait au monument aux morts, dressé en haut du jardin public. Celui-ci ne représentait pas le traditionnel poilu dans sa pose solennelle ou tragique, mais une jeune fille du Périgord ayant fait le triste et douloureux pèlerinage du front pour aller pleurer sur la tombe de son fiancé. La douceur de l'œuvre apaisait Robert. Le nom de son père figurait sur le socle, tout en bas, à droite, le dernier de la liste : Antoine Vautier, mort pour la France. Robert préférait se recueillir ici plutôt que sur le tombeau familial, vide malgré la plaque de marbre apposée sous la croix. On n'avait jamais retrouvé le corps d'Antoine

Vautier, porté disparu, dissous dans l'univers, comme s'il n'était jamais mort, comme s'il n'avait jamais vécu. Il n'avait pu faire son métier de père, et c'était peut-être une des raisons pour lesquelles Robert avait choisi la prêtrise, lui que son goût conduisait vers les femmes : être prêtre pour ne jamais devenir un père absent.

XVI

En attendant l'heure des batailles rangées, l'élimination des délateurs et autres collabos étaient devenue une priorité pour la Résistance. Plusieurs groupes s'associèrent pour abattre l'homme le plus détesté de toute la Dordogne. Il s'appelait Paul Lapuyade et c'était le responsable du PPF et le délégué départemental de la Légion des volontaires français contre le bolchevisme. D'abord membre du service d'information et d'études de la Dordogne, qui dénonçait à Vichy les fonctionnaires manquant de zèle dans l'application des lois antisémites et antimaçonniques, il avait ensuite créé la section périgourdine du parti de Doriot. Principal agent de renseignement des nazis, il était le plus ardent collaborateur du département, et certainement le plus dangereux. L'homme se savait menacé et ne se montrait que dans les lieux où grouillaient les Allemands, et sous la protection d'hommes de main.

Mais qui se méfierait d'un gendarme débonnaire ou d'un prêtre en soutane ? Des êtres que Lapuyade n'avait jamais vus le suivaient, le croisaient, le frôlaient en échangeant des signes discrets. Il répondit par un bref mouvement de tête au salut de ce grand prêtre blond qu'il ne connaissait pas et qu'accompagnait un dominicain portant moustache et une courte barbe. Cela faisait une semaine que Masclat le traquait. Il avait choisi ce déguisement pour rencontrer Robert en plein jour, dans les églises de Périgueux. Saint-Front, Saint-Martin, la Cité virent ainsi d'étranges colloques où il était bien peu question de Dieu, et beaucoup d'assassinat, de pièges, de tireurs embusqués. En participant à cette machination qui devait se conclure par un meurtre, il semblait à Robert qu'il brisait le cercle de la nécessité qui pliait les êtres comme des brins de paille. L'homme libre s'imposait par la force.

Lapuyade sortit de l'hôtel de France et s'éloigna à grandes enjambées, pour décourager toute filature, par la rue Chancelier-de-l'Hôpital. Un premier tireur ouvrit le feu, manqua sa cible et se retira, son arme enrayée ; un second expédia deux balles vers la silhouette qui s'enfuyait en courant, et le rata aussi. Tout le dispositif se replia.

Philippe fut atterré par l'aveu que lui fit Robert de sa participation à l'attentat. Il ne l'imaginait pas aussi éloigné de son sacerdoce. Aumônier et infirmier du maquis, soit. Faire sauter des voies ferrées et des locomotives, passe encore. Mais participer à un assassinat était incompatible avec sa fonction. Un prêtre ne pouvait donner la mort, pour quelque raison que ce fût ; il fallait pour cela qu'il eût renoncé à sa foi ou l'eût mise longuement entre parenthèses. Ce fut pire encore lorsque Robert déclara qu'il pourrait sans doute aller jusqu'à tuer lui-même.

– Ce que j'ai compris, disait-il, c'est que la vérité doit se débrouiller avec la réalité, et l'éthique avec les contingences. Je t'en prie, ne me fais pas le même coup que Thérèse.

Philippe ne voulait pas rompre avec son ami, loin de là. Il voulait seulement s'en tenir à son devoir de prêtre catholique, à tout son devoir. Il parlait pour les vieux, les enfants, les faibles, ceux qui n'avaient ni le courage ni la force de se révolter, de se battre et qui n'avaient que la prière. Il croyait fermement en cette mission, dans la lignée de l'Évangile.

Avec eux, dans le transept droit de la cathédrale Saint-Front, devant l'autel du Sacré-Cœur de Jésus, près d'un saint Georges combattant, et face au bon saint Antoine, ils chantaient : « Sauvez, sauvez la France, au nom du Sacré-Cœur », et priaient la Vierge. Certains d'entre eux étaient sincèrement convaincus que la France aurait été préservée de la défaite, si ses dirigeants avaient accepté de la dédier au Sacré-Cœur, comme une partie de l'Église et des monarchistes l'avaient demandé. Le Sacré-Cœur de Jésus contre les divisions blindées, il fallait vraiment plus que la foi pour y croire. Mais Philippe ne barguignait pas, la foi ne participait pas de la raison, mais de l'âme. Elle était indiscutable, comme l'amour que l'on porte à une femme, et qui n'a pas à se justifier.

Ceux qui venaient le trouver, fatigués, usés de chagrin par l'absence ou la perte d'un proche, n'attendaient pas de lui des propos combatifs, un discours sur le bien et le mal, mais un peu de chaleur humaine, une présence rassurante, des mots réconfortants, même s'ils n'y croyaient pas toujours, un bref rayon de soleil dans le gris de leur existence. Ils étaient simples, comme la vie. Ces gens souvent mesquins, maladroits, roublards, terriblement humains, ce n'était pas par pitié, ni par devoir que Philippe se tenait près d'eux, ni par un goût malsain de la souffrance. Ces hommes et ces femmes, il avait appris à les aimer. Le prêtre devait d'abord être, avant de faire ; ce qu'il représentait comptait plus que l'opinion qu'il avait de lui-même. Il devait être au centre du cercle, faire tourner autour de lui l'univers qu'il incarnait pour eux, s'effacer derrière sa fonction, proposer une voie d'accès, certes difficile, mais au bout de laquelle brillait une étoile. Il devait être, à l'image de Jésus, un pauvre bougre de charpentier crucifié sur ses propres planches, mais qui ne se reniait pas, qui acceptait l'épreuve, et le don de soi, avec courage. Foi, confiance, fidélité, n'étaient qu'un seul mot. Voilà ce que Robert n'avait pas compris, lui qui justifiait après coup ses actes, ses pulsions, et qui ne savait plus très bien où était sa maison.

Par ses collègues italiens, Philippe continuait de recevoir, même difficilement, des informations sur les activités des nazis dans les autres pays. Il était au courant des horreurs de la Pologne. Il songeait à cet abominable « Christ aryen », ce surhomme musclé et haineux qui n'enseignait que la division, le sens même du mot « Diable ». Le rituel des SS lui était connu. Les membres de l'Ordre Noir devaient obéir aveuglément, idolâtrer leur chef, tuer en eux toute compassion, toute émotion. Ils apprenaient à marcher avec une grenade dégoupillée sur la tête, à enlever l'œil d'un chat avec un couteau sans tuer l'animal. Ils étaient entraînés à supporter sans sourciller la douleur d'autrui. Au dire même de Hitler, ils formaient une sorte d'aristocratie ecclésiastique, un clergé laïque. Leur symbolique du sang versé, du sacrifice humain fertilisant la terre sacrée, parodie de cérémonies païennes, était l'exact contraire du précieux sang du Christ, volontairement offert pour le salut des hommes. Après s'être dépouillé de sa libre intelligence et de sa sensibilité, de son cœur, le nazi n'agissait plus que par la force de ses pulsions, sous les ordres d'un chef divinisé, un messie allemand.

La stature, le physique de Robert, pensait Philippe, en auraient fait un parfait aryen ! En s'engageant sur la voie de la violence, en rejetant le commandement de Dieu : « Tu ne tueras point », il risquait, tout en voulant les combattre, d'emprunter un chemin semblable à celui des nazis. Dans le passé, l'Église s'était souvent fourvoyée sur le sentier de la guerre et de la répression ; elle y avait, chaque fois, perdu son âme. Robert, lui aussi, était aux prises avec ses propres démons.

XVII

– En voilà encore une, et toujours postée à Thiviers !

Norbert et Paulo travaillaient au tri postal de Périgueux. Depuis le début de la guerre, ils avaient vu défiler des centaines de lettres de dénonciation ! Tout avait commencé dans la presse collabo. *Le Cri du peuple, Le Pilori, L'Appel* avaient exhorté les Français à dénoncer, par pur « patriotisme », les juifs et les francs-maçons qui ne respectaient pas les lois de Vichy leur interdisant certaines professions. On faisait le ménage ! La chasse était ouverte ! L'Institut des questions juives croulait sous des milliers de messages de ce genre.

Au sein même des familles, le grand air de la délation avait remplacé celui de la calomnie. On dénonçait tout et n'importe qui, pour n'importe quel motif. Par respect de la loi ou derrière le paravent de la morale, les « pères la vertu » dénonçaient l'épouse infidèle, le réfugié qui occupait un logement ou un emploi. On dénonçait par passion le fiancé volage, le vieux mari encombrant qui n'avait pas eu la bonne idée de mourir au front ou de rester en Allemagne. On dénonçait par rapacité, par esprit de discipline, ou par simple plaisanterie, l'oncle à héritage, le père trop sévère, l'encombrante belle-mère. On dénonçait pour récupérer un garde-manger bien rempli chez le voisin, par peur de la « peste juive » et des bolcheviques. On dénonçait par sens de la famille la future belle-fille, pour éviter une mésalliance à l'unique héritier, ou même des inconnus dans l'espoir d'obtenir en échange la libération du mari, du frère, du fils, prisonniers. On dénonçait par goût du lucre, selon les tarifs de la Gestapo : trois mille francs le gaulliste ou le communiste, mille francs le juif, la « viande » des races inférieures étant logiquement payée moins cher. Et en dénonçant, on trompait l'occupant et soi-même. Combien allaient mourir en déportation pour le seul crime d'avoir déplu ? L'Église elle-même s'y était mise, et le chanoine Bourmont ajoutait de sa plume de fiel quelques mots à ceux qui insultaient le cardinal Gerlier, primat des Gaules, « prime à de Gaulle »... vendu au Dieu juif Yahweh et briguant la papauté, et qui protégeait l'abbé Glasberg, juif crasseux. Les amis de Bourmont s'en donnaient à cœur joie. Comme toujours, la misère matérielle et morale, associée au sentiment d'impunité, réveillait dans l'humain ce qu'il y avait de plus vil.

En Dordogne, comme ailleurs, s'écrivait la petite et la grande histoire de l'infamie universelle. L'administration des PTT ayant, avec un certain courage, refusé de communiquer aux directeurs régionaux aux Questions juives le courrier adressé à des israélites avait indirectement incité Norbert et Paulo à rejoindre les rangs de l'Armée secrète. Ils mirent tout simplement leur métier au service de la Résistance, en interceptant la correspondance destinée à la police allemande, bâtiment du Crédit Lyonnais, place du Maréchal-Pétain à Périgueux. Ils ouvraient les missives à la vapeur, les lisaient, puis, faute de pouvoir les arrêter toutes sans risquer de se faire prendre, détruisaient les plus dangereuses, celles qui dénonçaient des réseaux existants ou la cache de juifs, et laissaient les autres suivre leur destin.

Ces dernières semaines, ils avaient ainsi ouvert plusieurs dépêches, toutes de la même écriture, toutes anonymes, toutes en provenance de Thiviers, et comportant toutes le même texte. On y dénonçait « les agissements de mauvais Français qui travaillent pour les Anglais contre le Maréchal ». Sept noms de résistants du secteur de Thiviers et de Périgueux y étaient cités, dont ceux du colonel Tourniac, de l'instituteur Lavergne et du commandant Masclat. Pour ce dernier, on précisait qu'il s'agissait d'un pseudonyme.

Dès la première missive, Norbert et Paulo avaient alerté le colonel Tourniac, dont le groupe était le seul visé, par l'intermédiaire de Masclat qui se trouvait toujours clandestinement à Périgueux. Mais l'affaire devenait sérieuse. Si le délateur anonyme envoyait autant de courrier et s'il n'obtenait pas de réponses, il risquait fort de se rendre en personne à la Gestapo. Les deux postiers n'auraient aucun moyen de l'en empêcher.

Ces lettres les intriguaient. Si le ton en demeurait classique et même plutôt modéré, leur fréquence, douze en un mois, les inquiétait. Ils imaginaient l'auteur, penché sur son bureau et rédigeant frénétiquement ses billets empoisonnés. Trois par semaine ! Il y avait quelque chose d'irrationnel dans cette cadence. En règle générale, le « salaud » moyen expédiait un seul courrier, parfois un deuxième, rarement plus. Paulo pensait qu'il devait s'agir d'un homme, un partisan fanatique de Laval et de Doriot, ou d'un petit groupe d'activistes qui se cachaient derrière un unique rédacteur. Mais les résistants locaux ne voyaient pas qui, à Thiviers, petite ville de trois mille habitants, pouvait correspondre à ce signalement. Les collabos notoires étaient identifiés et surveillés, et ils auraient sûrement tenu à signer leurs forfaits.

Norbert, qui se piquait de connaissances en graphologie, y voyait plutôt la main d'une femme. Il imaginait des motivations privées. Mais là aussi, les maquisards avaient beau passer au crible les problèmes de famille de Thiviers, les questions d'héritage de l'industriel de la chaussure, ou les amours de la boulangère et du maréchal-ferrant, aucun nom, aucun visage, ne s'imposait à eux. Le rythme effréné des lettres, qui s'enchaînaient sans attendre la réponse, sans savoir si la précédente avait été lue, ni même si elle était parvenue à son destinataire, avait quelque chose de maladif, de déséquilibré et de douloureux. Ils pouvaient supposer l'auteur rageant, pestant, tournant en rond dans sa chambre, furieux de devoir attendre encore un jour, une heure, et reprenant sa plume pour soulager ses nerfs.

Un nouvel attentat fut organisé contre Paul Lapuyade. Le 20 janvier 1944, à 23 heures, le restaurant L'Univers venait de se vider de ses clients, les quatre joueurs de l'orchestre ayant terminé leur concert, et les consommateurs leur dîner. Seuls restaient Lapuyade, qui habitait l'hôtel, ses amis de la LVF et du PPF, et quelques Allemands. Discrètement, les résistants avaient encerclé le bâtiment. Une balle, tirée de la rue, fracassa la vitrine et Lapuyade se précipita vers la porte arrière de la cuisine. Il y fut accueilli par un feu nourri, dégaina son arme, répliqua et, comme il se repliait vers l'intérieur, fut touché par un tireur placé boulevard Montaigne.

Abrités derrière des tables renversées, Willy Birkenfeld, « le Suisse », et un employé de la Feldkommandantur échangeaient des coups de feu à travers le hall de l'hôtel, avec des maquisards postés dans la cour. Les douilles vides et brûlantes jonchaient le sol, parmi la sciure de bois et les mégots de cigarettes ; l'air, empli de fumée et d'odeur de poudre, piquait la gorge et les yeux. Au fracas des armes s'ajoutait celui de verre brisé des bouteilles fauchées par la mitraille et dont le contenu se répandait sur le carrelage. Les musiciens, qui n'avaient pas achevé de ranger leurs instruments, étaient couchés sur le podium, derrière l'illusoire protection de la contrebasse. À peine plus chanceux, le personnel de service, accroupi derrière le comptoir de marbre, recevait sur la tête les alcools gâchés du bar et les éclats de cristal.

L'opération avait des airs de western mais fut un nouvel échec : Lapuyade n'était que blessé. À l'hôpital, il demanda à être gardé par deux sentinelles allemandes, n'ayant pas confiance dans la police française. Le couvre-feu s'abattit de nouveau sur la ville.

Robert n'avait pas participé à cette deuxième opération. Avec l'affaire du courrier de Thiviers, il se forçait à un prudent repos au sein de l'institution Saint-Michel, sa couverture à Périgueux pouvant être encore utile. Philippe s'inquiétait pour les cinq enfants juifs, toujours à la merci d'une dénonciation. Le sentiment de la défaite prochaine rendait les Allemands et les miliciens encore plus hargneux et plus dangereux : ils devenaient comme fous au seul énoncé du mot « juif ».

Le capitaine Marquet et ses hommes étaient revenus à Saint-Michel, plus nombreux qu'en mai dernier. Mais Masclat, qui veillait au grain, avait pu prévenir Robert et celui-ci avait emmené les cinq garçons faire une promenade au parc Gamenson. Les locaux furent à nouveau fouillés, et le personnel interrogé. Les miliciens s'exaspéraient de voir une proie leur échapper à nouveau. Leurs soupçons semblaient épais comme une huile, s'infiltrant partout. Ils n'avaient pas de certitudes, sinon ils auraient démantelé le collège pierre par pierre, mais une intime conviction.

– La prochaine fois, vous n'aurez pas affaire à des Français, mais aux Allemands, menaça Marquet. Vous nous regretterez.

Depuis l'apparition des mystérieuses lettres de délation qui le désignaient nommément, Masclat ne résidait pratiquement plus à Périgueux ; il n'y venait que de temps à autre, en secret. Aucun réseau ne permettait d'évacuer les enfants vers l'Espagne ou la Suisse ; ils étaient bloqués en Périgord, prisonniers de leur clandestinité. Philippe suggéra qu'on les cachât dans le maquis, mais une unité combattante ne pouvait s'embarrasser d'enfants. Il leur faudrait attendre la Libération, dissimulés au mieux parmi leurs camarades de l'institution.

– Facile à dire, soupira Philippe. Tu ne trouves pas que tes résistants deviennent de plus en plus égoïstes ? Avant, ils s'occupaient des populations ; aujourd'hui, ils ne pensent plus qu'à jouer aux petits soldats.

Robert s'empourpra.

– Ils ne jouent pas aux petits soldats, Philippe ! Ils font une vraie guerre et ils la font vraiment. Si tu crois que c'est facile ! Du coup, c'est vrai, ils ont autre chose à penser que nos gamins. Je le regrette, et eux aussi.

XVIII

À THIVIERS, la Résistance comptait dans ses rangs un homme discret, aimé et respecté de tous, le libraire Raoul Laugénie. Agé d'une cinquantaine d'années, les cheveux poivre et sel, très droit, presque raide, et élégant, toujours cravaté malgré l'éternelle blouse grise qu'il revêtait pour travailler, Laugénie avait un air un peu « vieille France ». C'était le type parfait de l'érudit local, celui que l'on venait consulter de loin, pour connaître la légende de l'évêque Renaud de Thiviers, les origines du château de Vaucocourt ou commenter les mystérieuses sculptures de l'église Notre-Dame, étape sur le chemin de Compostelle. Il avait même publié, à compte d'auteur, un livre sur la noblesse de la châtellenie et ses rapports avec les comtes de Limoges. Il formait, avec le curé, le père Cornille, et l'instituteur Fauroux, un inséparable trio. Un bridge, où le maire faisait le quatrième, les réunissait une fois par semaine ; ils y échangeaient leurs idées et leurs découvertes, qu'ils communiquaient très sérieusement à la respectable Société historique et archéologique du Périgord.

Bien que sa boutique à la façade vert sombre ne puisse rivaliser avec les librairies parisiennes, il la voulait bien achalandée. Quand il ne se tenait pas derrière l'étroit comptoir, légèrement surélevé, à additionner la recette du jour, il passait de longs moments à lire une nouveauté, à redécouvrir un classique, ou à étudier l'histoire de son cher Périgord. Parfois, il disparaissait dans son bureau, requis par quelques écritures.

Il connaissait chacun de ses clients, s'arrangeait toujours pour obtenir l'objet de leurs désirs, voire pour anticiper leurs souhaits. On le voyait souvent, juché sur une échelle, pour attraper, sur le haut des rayonnages, quelques livres poussiéreux et introuvables, qu'il gardait comme un trésor.

– J'ai ce qu'il vous faut, disait-il en saisissant le dos d'un ouvrage pour l'extraire de son casier.

Sa profession avait déjà payé un lourd tribut à l'occupant et il avait vu partir ses amis Saigne, de Périgueux, et Bonnel, de Sarlat, arrêtés par les Allemands pour fait de Résistance. Dans la capitale du Périgord noir, les nazis avaient brûlé tout le tirage des *Prophéties* de Nostradamus, traduites par Charles de Fontbrune, pseudonyme d'un médecin sarladais, et éditées par un imprimeur du cru. L'interprétation ne leur convenait pas, qui annonçait, paraît-il, leur défaite. Raoul Laugénie possédait plusieurs exemplaires de ce livre précieux, désormais interdit.

Ce fut Laugénie qui trouva la solution pour les lettres. Tourniac lui confia deux exemples du courrier du mouchard. Son collègue de la maison de la presse en reçut deux autres.

– Chaque fois que je vendrai un stylo, expliqua-t-il, surtout si c'est à une femme, je le ferai essayer, et je comparerai les essais avec les lettres que vous m'avez données.

Aussitôt dit, aussitôt fait. À chaque client qui rentrait dans sa boutique, il proposait les nouveaux stylos plumes qu'il venait de recevoir. Il invitait les plus riches à jouir de la caresse et de la douceur de la plume en or ; aux plus jeunes, il faisait expérimenter les porte-plume à pointe d'acier, à d'autres, les crayons. Calames, stylets, pinceaux, mines graphites et encres liquides, il transforma sa librairie en un véritable atelier de calligraphie.

– Écrivez, écrivez donc, voyez les différences, comparez votre écriture à la mienne, regardez !

Il écrivait « peuple français » ou « maréchal Pétain ».

– Écrivez la même chose ! insistait-il.

Certains clients trouvaient bien étrange cette passion subite pour le graphisme, mais l'homme passait pour un original et chacun se prêtait au jeu de bonne grâce. Le soir, la librairie fermée, à la lueur d'une lampe à pétrole, Laugénie analysait et examinait les résultats du jour. Parfois, il y avait bien des airs de ressemblance avec les modèles, mais ce n'était jamais ça : la rondeur du R et du S, la hauteur des lettres étaient différentes.

Une matinée de la mi-janvier 1944, Raoul Laugénie servait trois clients à la fois : une femme, un adolescent et un père de famille. Tous trois s'essayaient à l'écriture. L'homme âgé partit avec un exemplaire du *Pontcarral* d'Albéric Cahuet ; le garçon paya un bloc de papier et deux crayons.

– Je le prends, dit la femme en tendant vers le libraire le beau stylo à corps noir et plume d'or, et la feuille marquée de lettres sombres où elle l'avait longuement essayé.

Sur la page blanche, elle avait tracé à l'encre violette, couleur de l'enfance, nostalgie d'écolière, parmi de multiples ratures, cette phrase étrange : « Je suis une folle, il faudrait m'enfermer. »

– J'ai trouvé ce qu'il fallait pour mon père, ajouta-t-elle. Il me reste à dénicher quelque chose pour ma mère. Je veux leur faire un cadeau pour leur anniversaire de mariage. Nous allons le fêter tous ensemble à Bergerac.

Raoul Laugénie leva les yeux sur la jeune femme ; c'était une religieuse du couvent de Thiviers. Il apprécia son sourire d'ange, son visage mangé de fossettes et son regard pervenche, puis il regarda le papier. Cette grande écriture ronde, cette barre du T qui recouvrait la partie terminale du nom du Maréchal, comme pour souligner la ligne supérieure : c'était elle !

La femme fit emballer le stylo dans un joli coffret de bois que le libraire empaqueta dans un papier vert sombre noué d'une faveur ; puis elle régla le libraire. La porte carillonna, elle était partie.

XIX

LORSQU'IL REÇUT le message de Laugénie, le colonel Tourniac ne prit pas le temps de s'étonner. Ni lui ni personne au maquis ne connaissait de sœur Philomène, mais il savait la haine que certains membres du clergé portaient aux résistants, tous « communistes », destructeurs d'églises et assassins de religieux, ou aux juifs, par antisémitisme forcené. Tourniac réagit en militaire dont les troupes étaient menacées. Un soi-disant cousin de la religieuse, porteur de nouvelles importantes, fut envoyé à Thiviers et obtint, grâce à la complicité involontaire du naïf abbé Cornille, une entrée au couvent. Sœur Philomène était absente, partie pour quelques jours chez ses parents, à Bergerac. On lui communiqua l'adresse.

Tourniac décida d'enlever la religieuse. Il voulait l'interroger, découvrir ses motivations dont les lettres ne disaient rien, savoir si elle avait des complices. Le 22 janvier 1944, deux maquisards, René Travers, la quarantaine rassurante, mais l'air sévère et solide du policier qu'il était dans le civil, et Pierre Bergeret, plus jeune, posé, le regard froid, dotés de fausses cartes d'identité de la police allemande, montèrent dans une traction Citroën et prirent la route de Bergerac.

Ils franchirent à petite vitesse les cinquante kilomètres qui séparaient la capitale du Périgord de la sous-préfecture. Après avoir demandé leur chemin de manière désagréable, comme il convenait, ils parvinrent enfin au domicile des Maloubier.

Ils furent reçus avec un mélange d'étonnement, de méfiance et de servilité. Les parents de sœur Philomène étaient des gens ordinaires qui n'ouvraient pas leur porte à n'importe qui, des Français moyens qui n'aimaient pas qu'on les dérange. Pas le genre à soutenir les forces combattantes, mais pas plus à souhaiter la victoire de l'Allemagne, ou alors il aurait fallu que ça leur rapporte gros, et encore. Ces gens à l'échine souple mais à l'esprit étroit devaient tellement craindre l'opinion des voisins et le qu'en-dira-t-on !

Que voulait la police allemande à leur fille ? Ça ne les regardait pas ! La peur passait dans leurs yeux. C'était une personne respectable, une religieuse ! Où était-elle ?

À la messe, comme il se doit, à l'église Notre-Dame.

– Ne craignez rien pour votre fille, ajouta Bergeret sur un ton qui acheva de terroriser les deux commerçants.

Les faux policiers gagnèrent l'artère principale de la ville, déjà animée en ce milieu de matinée, et attendirent la fin de la célébration en déambulant entre le fond de l'église et le parvis, ne voulant pas prendre le risque d'une interpellation en plein office. À leur attitude, nul ne pouvait ignorer que la Gestapo attendait quelqu'un, et eux-mêmes virent avec amusement et satisfaction plusieurs silhouettes se défiler par les portes latérales. Au son de la cloche, annonçant la fin de l'office, ils repérèrent sans difficulté la jeune femme dans ses habits de religieuse.

Lorsqu'ils exhibèrent leurs cartes et prononcèrent les deux mots terribles : « police allemande », sœur Philomène ne manifesta pas la moindre émotion. En quelques mots, ils l'informèrent que, suite à ses dénonciations, ils avaient appréhendé Tourniac, Masclat et tous les autres, un sacré coup de filet !

– Nous venons vous voir pour que vous nous confirmiez vos déclarations, et nous désirerions vous présenter les individus que nous avons arrêtés pour que vous les reconnaissiez, s'il y a lieu, ajoutèrent-ils en lui présentant le paquet de lettres.

Sœur Philomène objecta seulement qu'elle devait prévenir ses parents. Travers l'assura qu'ils étaient déjà au courant, que le temps pressait. La jeune femme accepta de les suivre.

Au retour, la pluie se mit à tomber, froide et verglaçante. Les essuie-glaces au rythme lent balayaient une eau lourde, dégageant tant bien que mal une vue trouble sur un horizon bouché et triste. Les arbres, noirs squelettes prolongés de corbeaux, défilaient sur le bord de la route. La voiture peinait dans les côtes. Au volant,

Bergeret, silencieux, se concentrait sur la conduite. Le chauffage fonctionnait mal et, dans la cabine embuée, l'atmosphère était irrespirable.

Thérèse réfléchissait. Elle osa même quelques questions. Où les avait-on arrêtés ? Étaient-ils tous pris ? Combien de temps l'identification prendrait-elle ? Et surtout : comment l'avaient-ils retrouvée, elle, alors que les lettres n'étaient pas signées ? Elle tentait d'établir un lien, un dialogue, avec ces hommes fermés comme des coffres-forts. Vous êtes français, et vous travaillez pour la police allemande ?

Sa voix avait une sonorité étrange, empreinte d'une certaine indifférence, comme si elle n'était pas vraiment concernée par toute cette histoire. Une sorte d'abattement la gagnait. Elle se sentait coupable ; il était mal d'écrire des lettres anonymes. Elle pensait qu'elle serait punie pour cela. Quelque chose venait de la rattraper ; elle sentait qu'elle n'était plus maîtresse de son sort, ni de l'avenir.

Travers la sentait mal à l'aise, inquiète. C'était dans l'ordre des choses. Les témoins interrogés par la police allemande ne savaient jamais s'ils ne se retrouveraient pas dans la peau d'un accusé. Certains disparaissaient sans laisser de traces. Il répondait le moins possible, par monosyllabes. Il ne devait pas engager de conversation. La mise en scène devait être transparente pour que la pièce soit efficace.

À Périgueux, en voyant la traction bifurquer sur la droite, s'engager sur la route de Limoges et continuer son chemin, sœur Philomène s'étonna qu'on ne la conduise pas à la Kommandantur. Travers répondit que les prisonniers étaient détenus à Thiviers ; c'était là qu'on allait. La religieuse pourrait regagner son couvent le soir même.

– On m'attendait à l'hôpital de Périgueux, dit simplement la jeune femme.

XX

À Thiviers, le véhicule s'arrêta devant une maison isolée ; celle de la rue de l'Archer, trop exposée, était abandonnée depuis l'opération de la Milice, en octobre dernier. Sœur Philomène remarqua qu'elle n'était pas loin de la demeure des parents de Robert. Une table longue, comme on en trouve à la campagne, deux bancs et quelques chaises meublaient chichement la grande pièce que chauffait un feu de bois allumé dans la cheminée. L'odeur de renfermé laissait supposer que l'habitation était inoccupée depuis longtemps. La religieuse fut laissée seule avec le jeune Bergeret.

Dix minutes s'écoulèrent dans une attente silencieuse, puis des éclats de voix retentirent dans la pièce à côté. On bousculait quelqu'un, on l'injuriait, des meubles étaient renversés. La porte s'ouvrit avec fracas. Un homme d'une cinquantaine d'années, de taille moyenne, solide, portant moustache et cheveux courts, et vêtu d'un manteau de cuir, en poussait brutalement un autre devant lui. Un peu plus jeune, plus mince, l'homme, échevelé, visiblement maltraité, le visage ruisselant de sang, portait des vêtements déchirés.

– Reconnaissez-vous cet homme, le reconnaissez-vous ? aboya-t-il au visage de la jeune femme.

Bien qu'affectée par la brutalité de la scène, elle n'hésita pas.

– Oui, c'est lui, c'est bien lui... Le colonel Tourniac.

Tourniac releva la tête et, à travers le sang de sa blessure, dévisagea la religieuse. Il eut l'impression de la connaître. Où l'avait-il déjà vue ?

À la demande de l'homme moustachu et devant Travers, Bergeret et le prisonnier, sœur Philomène raconta tout ce qu'elle savait : l'emplacement du camp, près de Thiviers, oui, elle pensait pouvoir les y conduire, les noms de certains résistants : Lavergne l'instituteur, Naudon le ferronnier, Dutreuil le garagiste, le mystérieux commandant Masclat dont elle ignorait l'identité véritable. Elle raconta le parachutage comme si elle y avait assisté, décrivit l'armement lourd reçu ce jour-là, avec beaucoup d'erreurs, car elle n'y connaissait pas grand-chose, le dynamitage des voies ferrées... Elle parlait comme un agent infiltré, mais infiltré où, quand et par qui ?

L'homme moustachu s'approcha d'elle, posa sur la table les douze lettres qu'elle avait expédiées à la Kommandantur. Les courriers anonymes, expliqua-t-il, n'étaient pas recevables devant un tribunal, même militaire : elle devait donc les signer pour qu'on puisse juger ces terroristes. Elle pourrait ensuite toucher la récompense promise, une forte somme. Sœur Philomène assura qu'elle ne voulait pas d'argent, demanda que tout soit remis à son couvent, et apposa son paraphe au bas de chacune des missives.

Le silence régnait dans la pièce, le temps paraissait suspendu. On n'entendait que le faible crissement de la plume sur le papier. Quant ce fut fini, l'homme moustachu ôta son manteau de cuir, comme on se défait d'un déguisement devenu insupportable, et se présenta :

– Mon nom est Masclat, dit-il d'une voix ferme. Le commandant Masclat. Vous êtes aux mains de la Résistance.

Les quatre hommes s'approchèrent d'elle, l'entourèrent ; Tourniac essuya sa face couverte de sang de lapin, passa ses doigts dans ses cheveux pour les recoiffer, rajusta ses vêtements. Ils s'attendaient à une crise de nerfs, une tentative de fuite, des dénégations éperdues ; mais rien de tout cela ne se produisit. La jeune femme encaissa le coup, se leva à moitié, se rassit, plongea quelques instants sa figure dans ses mains, comme en prière, puis redressa la tête. Elle était belle et cette beauté était comme un masque impassible et impénétrable.

– Pourquoi nous avoir dénoncés, moi et les autres ? demanda Masclat. Pourquoi nous avoir dénoncés aux Allemands, les ennemis de notre pays ?

– C'est mon secret, répondit-elle calmement.

– Que croyez-vous que vous méritiez pour nous avoir dénoncés à la Gestapo ?

– Je mérite la mort.

La clarté de la réponse, l'absence totale d'émotion dans la voix, firent frissonner les quatre hommes, pourtant endurcis.

Ils poursuivirent leur interrogatoire pendant plus d'une heure, mais ne purent obtenir aucun autre aveu de la jeune femme. Ils se heurtaient moins à un mur qu'à une énigme. Elle semblait dénuée de toute haine personnelle ; l'argent ne l'intéressait pas ; elle ne revendiquait aucune sympathie idéologique pour le nazisme ou la Milice, tout juste une vague confiance en Pétain et une réticence certaine envers les méthodes « illégales » de la Résistance. S'il avait fallu fusiller tous les Français qui pensaient comme elle, il ne serait pas resté grand monde pour accueillir les libérateurs. Elle n'appartenait à aucun groupe ; ni son confesseur ni sa supérieure n'avaient fait pression sur elle. D'ailleurs, elle ne paraissait pas fanatiquement attachée au devoir d'obéissance. Ils crurent trouver une piste lorsqu'elle leur parla de l'exécution de Verdier, de sa femme et de sa belle-sœur, à Sainte-Foy-la-Grande, mais ils se rendirent vite compte que c'était un leurre.

Le colonel Tourniac l'observa longuement ; il n'écoutait plus ses paroles, ne regardait que son visage. Soudain, il se leva, s'approcha d'elle, lui retira sa cornette – elle se débattit un peu – puis la capuche qui recouvrait ses cheveux. Il la reconnut enfin, l'amie de Robert ! Il l'avait à peine entrevue ce soir d'été où ils étaient arrivés tous les deux au campement, juchés sur leurs vélos, apportant la précieuse radio. Tourniac se souvenait d'avoir écouté le récit du prêtre : c'était elle qui lui avait sauvé la mise, elle qui avait assuré le succès de l'opération. Il l'avait brièvement remerciée, irrité qu'il était de son intrusion dans son campement. Elle... L'amie de Robert !

Découverte, sœur Philomène se relâcha, se laissa aller à ses larmes, trop longtemps contenues, mais elle se reprit vite. Elle ne voulait pas craquer devant ces hommes. Fièrement, elle leur raconta tout : son aventure amoureuse avec Robert Vautier, son collègue à l'hôpital de Périgueux, prêtre et infirmier, aumônier du maquis et dynamiteur, au gré des jours et des nuits. Elle raconta son bonheur, tout au long de l'été 1943, quand les missions de son amant s'achevaient dans la petite chambre d'Agonac, puis sa jalousie envers cette Résistance, qui lui prenait chaque jour davantage l'homme qu'elle aimait, et enfin la trahison de Robert, leur rupture. Enfin, elle dit sa vengeance.

Les douze lettres, à présent signées, étaient étalées devant elle, sur la table, comme un zodiaque noir, une Cène mystérieuse. Elle se revit, excédée, à bout de nerfs, rédigeant fiévreusement ces missives, souffrant et déchargeant sa souffrance par l'écrit, désespérément, sans même se soucier d'une réponse. Douze lettres pour douze apôtres et un traître : Robert et son infidélité, Masclat, Tourniac et toute la Résistance avec eux, déloyaux envers le Maréchal et envers son amour.

Elle reçut comme une gifle l'idée que, dans cette histoire, c'était elle qui tenait le rôle de Judas. La délation était un péché mortel, et la Gestapo offrait bien plus de trente deniers. Elle se sentit soudain profondément coupable. Elle comprit que, depuis le début, elle s'était prise au piège de ce qu'elle avait cru être son devoir, et qui n'était, en fait, qu'une folie à elle, un intérêt égoïste. Elle savait gré aux résistants de ne pas l'avoir maltraitée, ce qu'elle aurait compris, et d'avoir respecté son corps. La guerre traitait souvent les femmes encore plus cruellement que les hommes. À défaut de sympathie, elle commençait à éprouver un certain respect pour ces combattants de l'ombre devant qui, en racontant son histoire, elle s'était mise à nu encore plus impudiquement que si elle s'était effectivement dévêtue, et qui l'avaient écoutée sans rien dire. Il y avait certainement un peu d'orgueil dans son attitude, dans ce tête-à-tête avec la mort qu'elle entreprenait par-dessus les lois humaines.

– Pourquoi ne pas l'avoir dénoncé, lui ? interrogea Tourniac

– Parce que je l'aime, s'écria-t-elle avec l'accent sincère d'une jeune fille. Parce que j'ai peur qu'il lui arrive quelque chose. Depuis le jour où les Allemands ont failli l'arrêter, à la gare de Thiviers, j'ai peur pour lui. Je ne l'ai pas dénoncé, lui, ni elle, l'infirmière, parce que, par elle, on aurait pu remonter jusqu'à lui. Ni ces petits juifs qu'il protège ; on ne dénonce pas des enfants ! Vous, oui, parce que c'est vous qui l'avez entraîné, et qui l'avez changé en quelqu'un d'autre que je ne reconnais plus. Il n'était pas le même avant de vous rencontrer ; il m'aimait. Je voulais que vous disparaissiez pour qu'il me revienne.

Les quatre hommes hésitaient sur la décision à prendre. Sans se l'avouer, chacun d'eux éprouvait pour la jeune femme une étrange sympathie. Depuis le début, toute cette histoire leur paraissait bizarre, mal engagée. Que devaient-ils faire de cette femme ? Ils ne pouvaient se résoudre à regagner les bois en laissant derrière eux un cadavre. Le prudent Masclat avait prévu une deuxième option. Des vêtements d'homme, à peu près à la taille de la religieuse, attendaient dans la pièce voisine. Elle se changea ; ainsi habillée, elle paraissait encore plus jeune, plus fragile, mais l'on percevait mieux aussi la détermination qui animait ce corps d'adolescente !

La voiture les conduisit jusqu'au campement. La traction cahotait sur les chemins forestiers, les suspensions grinçaient et protestaient. Arrivé au cantonnement, Tourniac réunit une sorte de conseil de guerre, rassemblant une vingtaine d'hommes, et il leur exposa les faits ; sœur Philomène raconta à nouveau son histoire. Le tribunal siégea jusque tard dans la nuit.

Comme Masclat et Tourniac, ses membres ne savaient que penser de ce qu'ils venaient d'entendre. Ils avaient l'habitude d'interroger des salauds, des lâches, des fanatiques et des veules ; ils savaient utiliser la manière forte et quand il le fallait, la justice expéditive. En temps de guerre, on exécutait l'ennemi, non tant pour ses crimes que parce qu'il était en face. Là, ils se sentaient désarmés devant l'amour de cette femme.

Les hommes étaient embarrassés ; ils éprouvaient tous une secrète compassion pour elle. Curieusement, la haine ne les habitait pas ; elle eût pourtant été justifiée, envers cette femme dangereuse, qui avait, sans hésitation, risqué leurs vies et celles des camarades. Sa passion la rendait d'autant plus redoutable que rien ne pouvait visiblement lui être substitué. Il fallait pourtant prendre une décision.

Muller, le protestant, toujours prompt à faire confiance, proposa qu'on la fasse entrer au Carmel, après qu'elle eut pris l'engagement d'honneur de cesser ses dénonciations. Certains protestèrent, ils avaient l'impression de poser une bombe à retardement sur leur propre passage. Ni l'isolement de sœur Philomène ni sa parole ne leur paraissaient des garanties suffisantes.

Muller insista, soutenu par Tourniac, qui proposa même de payer sa dot. Pour entrer au Carmel et y épouser Dieu, il fallait montrer patte blanche et bourse bien garnie. Le colonel se disait favorable à l'idée d'enfouir le forfait de sœur Philomène au fond d'un cloître, pour lui sauver la vie, dût-il mettre à contribution ses propres finances.

Dans le silence qui suivit, on entendit la voix claire et déterminée de sœur Philomène qui disait :

– Je ne veux pas entrer au Carmel.

Diego, le responsable du groupe espagnol, se souvint d'un couvent de l'ordre de sœur Philomène situé en Catalogne, non loin de la frontière française.

– Un de ceux qu'on n'a pas fait sauter, précisa-t-il. On pourrait l'y envoyer.

Mais le voyage était long et dangereux jusqu'en Espagne ; il faudrait une escorte. Qui pourrait garantir que la religieuse se tiendrait tranquille ?

Et de nouveau, la même voix nette :

– Je n'irai pas en Espagne !

Une étrange torpeur envahissait les hommes, tenus en échec par ce petit bout de femme obstinée. Sa beauté, son courage jouaient en sa faveur. Ils ne pouvaient se résoudre à opter pour le seul choix possible, celui qu'elle leur avait indiqué elle-même : la mort.

En cet instant, elle ruisselait de force ; l'énergie faisait comme un halo lumineux autour d'elle. Tous regardaient avec un respect superstitieux cette amoureuse qui souhaitait des épousailles avec la camarde. Ils la sentaient au-delà d'un point limite : pas plus qu'elle n'avait hésité à les offrir en sacrifice sur l'autel de son amour, elle n'hésitait à présent à se précipiter elle-même dans les flammes. Prisonnière, elle paraissait plus libre que jamais, dansant sur la corde raide, plongeant vers les abîmes de gouffres sans fond, s'élançant dans le vide avec une légèreté d'oiseau.

XXI

PHILIPPE ET ROBERT se demandèrent pourquoi on les avait convoqués à l'évêché à une heure aussi tardive. Ils furent plus étonnés encore lorsqu'ils apprirent que ce n'était pas l'évêque de Périgueux qui les attendait, mais Mgr Munch, primat de Strasbourg, replié en Dordogne en 1939, et qui n'avait pas voulu rejoindre son Alsace, devenue province allemande. Une troisième surprise les attendait. À peine eurent-ils présenté leurs hommages au prélat que la porte du cabinet s'ouvrit, livrant passage au colonel Tourniac et au commandant Masclat. Les deux hommes saluèrent Robert avec froideur.

L'ahurissement des jeunes prêtres parut beaucoup amuser le prélat. En voilà un qui cachait bien son jeu ! Les deux amis comprirent tout d'un coup comment et par qui Masclat était si bien renseigné sur leur compte. Puis Masclat et Tourniac, s'exprimant tour à tour, contèrent par le menu tous les détails de l'affaire Philomène. Ne parvenant pas à prendre une décision, ils venaient soumettre le cas à l'évêque de Strasbourg, autorité suprême en la matière.

Robert était abasourdi. Il ignorait l'arrestation de Thérèse et avait du mal à croire à cette histoire de lettres anonymes. Pas elle ! Pas cette femme qu'il avait tenue dans ses bras, pas cette enfant avec qui il avait ri et pleuré de joie, avec qui il s'était caché, qui avait bravé pour lui un maître bien plus puissant que les Allemands.

Mais les lettres étaient là, sur la table de l'évêque, et le ton des deux hommes, les détails qu'ils donnaient, ne laissaient aucune place au doute. Trahissant ces hommes, Thérèse avait aussi trahi leur amour à tous les deux, elle avait tout trahi. Robert n'avait plus rien à dire. Il se sentait honteux et responsable de ce gâchis.

Philippe, lui, se sentait pris d'une profonde compassion pour la religieuse ; il comprenait aussi les hésitations des résistants, qui semblaient faire tout ce qu'ils pouvaient pour sauver la jeune femme. Normalement, un délateur, c'était une balle dans la tête, un cadavre retrouvé au coin d'un bois. Et parfois pour un simple soupçon ! Or, malgré l'énormité du crime de la jeune femme et l'évidence de sa culpabilité, ils lui avaient proposé le Carmel ou l'Espagne, pour lui éviter le peloton d'exécution.

Dans cet univers d'hommes, de soldats, elle était la porte restée ouverte sur un autre monde, où l'individu l'emportait sur le groupe, le désir sur la raison, l'amour sur le devoir. Ces valeurs-là, qu'ils comprenaient, ils devaient les fouler aux pieds aujourd'hui, pour les faire renaître demain, dans la paix. Sœur Philomène, c'était une autre définition de la liberté, celle à laquelle ils avaient renoncé en prenant le large.

Mgr Munch demanda une heure de réflexion ; il étudia longuement le dossier, relut ses notes, pria. L'homme en lui pouvait comprendre la religieuse ; en tant que prêtre, il pouvait lui pardonner. Mais le résistant qu'il était aussi se devait d'assurer la sécurité des siens. Amoureuse et délatrice, sœur Philomène était une brebis deux fois égarée. Il devait être d'autant plus sévère que la coupable était une catholique, quelqu'un de sa famille. C'était pour cela que les laïcs, les résistants, n'osaient y toucher.

Munch était habité de grands doutes sur les principes de la guerre et l'exécution des traîtres. Il se sentait pris à la gorge par l'impérieux devoir de sa charge, le bras retenu par la compassion. La glaciale solitude du pouvoir, celui du prince de l'Église comme celui des chefs militaires, lui paraissait dangereuse, pour autrui et pour lui-même ; et sœur Philomène, qui avait choisi de plaire à la mort plutôt que de s'ouvrir le cœur des vivants, ne l'aidait pas beaucoup. Elle voulait apparaître comme une héroïne touchante, trouvait beau de mourir par amour ; caprice d'adolescente ! À l'exaltation de la jeune femme, il devait opposer la loi de l'Église et celle de la guerre. Certes, l'amour, l'amour humain ignorait les lois ; mais l'évêque devait lutter contre tout risque d'anarchie. Le souverain devait penser comme son peuple, avoir les pieds sur terre et faire régner l'ordre. Il y allait de la crédibilité de l'Église, de son autorité sur les âmes et les corps, et de sa place dans la société qui se reconstituerait après le conflit : elle devrait déjà se relever de tant de compromissions !

Mgr Munch sentait bien tout ce qu'il y avait de féodal dans sa fonction. Faire condamner à mort la religieuse, la livrer au bras séculier plutôt que de lui offrir l'asile de l'Église lui répugnaient ; mais il n'avait pas le choix. Gouverner, c'était disparaître derrière sa fonction ; son opinion individuelle comptait à peine. Pourquoi ces résistants se donnaient-ils tant de mal pour sauver la jeune femme ? Ne pouvaient-ils la traiter comme n'importe quelle ennemie ? Était-ce vraiment à lui de décider pour eux ?

Quand les quatre hommes revinrent dans la pièce, le prélat montrait le visage froid et dur d'un homme qui a pris une résolution terrible, le masque blanc d'un ange des ténèbres.

– C'est une femme qui trahit son pays, dit-il seulement. Si la Résistance veut vivre, elle doit se défendre. Je n'ai pas à vous dire ce que vous avez à faire, mais si elle est condamnée à mort, j'enverrai un prêtre pour la confesser et l'assister.

Le sort était jeté. Le conseil de guerre se réunirait le lendemain, mais la décision était déjà prise. Si l'évêque de Strasbourg avait demandé la grâce de la religieuse, il l'aurait obtenue sans peine, mais il la renvoyait devant la justice des hommes et il la condamnait par le choix de ses mots : elle avait trahi, ils devaient se défendre. Sœur Philomène serait donc fusillée.

Philippe sentit une vague d'amertume l'envahir. Dieu lui parut soudain bien trop lointain, bien absent. Pauvre sœur Philomène, pauvre Antigone qui défendait le droit d'aimer contre le cours de l'Histoire, contre le bien, la loi et la morale. Il voyait en Mgr Munch un Créon glacial, uniquement soucieux de protéger la Cité. Il savait bien que les humains finissaient toujours par se rallier à un Créon qu'ils respectaient pour sa couronne et redoutaient pour son pouvoir, mais qu'au fond de leur cœur c'était Antigone qu'ils aimaient. Philippe ressentait une honte secrète. Le prélat n'était pas un mauvais homme ; sa vision était même nécessaire. Un pays sans pouvoir s'effondrait, comme l'avait fait la France en 1940. Mais était-ce bien le rôle d'un prêtre ?

– Monseigneur, dit-il, votre approche rationnelle et politique de la charité chrétienne n'honore pas notre Église. Vous raisonnez comme Sa Sainteté le pape qui abandonne les juifs par crainte de représailles contre les catholiques et n'ose pas condamner les nazis par peur des communistes. Est-ce là le devoir d'un chrétien ? Ne commettez-vous pas un crime en ne sauvant pas celle que vous pouvez épargner ? Un seul mot de vous eût suffi !

Mgr Munch ne répondit pas. L'évêque et les officiers bénéficiaient d'une autorité sans limites ; il n'y avait rien au-dessus d'eux, sinon Dieu, pensait Philippe, ou l'amour, aurait dit sœur Philomène. Elle avait voulu divorcer d'avec Dieu, était-ce une raison pour lui faire épouser la mort ? Où était Dieu dans tout cela, ce Grand Absent ? Où était le Christ qui voulait que l'on pardonnât à ses ennemis ? Dieu, plus humain que les hommes !

Lorsque Robert comprit que Thérèse était perdue, il se dressa d'un bond et cria son indignation. Il proclama sa responsabilité et revendiqua pour lui seul le châtiment. Masclat et Tourniac durent le maîtriser.

– Calmez-vous, Vautier, fit sèchement l'évêque. Tout cela est de votre faute. Vous êtes un mauvais résistant et un prêtre exécrable. Vous êtes lubrique, léger, traître à vos devoirs, incapable de vous contrôler, inconséquent avec vous-même comme avec les autres. La luxure et l'orgueil sont vos péchés mortels ; vous êtes incapable de tenir votre corps, votre pensée et même votre langue ! Par vos bavardages, vous avez mis en danger la vie de vos camarades. Par votre insouciance, votre égoïsme, votre mépris d'autrui, vous avez conduit cette femme à la faute, et maintenant à la mort. Alors, taisez-vous !

Ahuri par la violence du prélat, Robert s'effondra, comme s'il avait été boxé par un colosse.

– Laissez-moi au moins la revoir, supplia-t-il, l'assister dans son procès, dans ses derniers instants.

– Vous plaisantez, Vautier.

Robert eut soudain le sentiment d'un grand vide. Lui, l'enfant fantasque et brillant, était rejeté dans la médiocrité du monde. C'était comme si on venait de le broyer. Lui, le prince solaire, immobilisé dans les filets de l'autorité et du sort commun ! Lui, l'homme libre...

– Peut-on juger quelqu'un en son absence et sans défenseur ? Est-ce ainsi que l'on défend la démocratie ? argumenta Philippe.

Le colonel le soutint.

– Il faut un procès en bonne et due forme. Je me suis personnellement très engagé dans cette affaire ; je n'accepterai pas une exécution sommaire.

Il fut décidé que le père de Vassal accompagnerait Masclat et Tourniac. Il serait l'avocat de sœur Philomène et, si elle était condamnée, il resterait auprès d'elle jusqu'à la fin. Munch et les deux officiers voulaient à tout prix éviter un scandale qui entacherait la réputation de la Résistance. Dans des esprits peu ouverts, pour qui l'Église restait une référence, un prêtre dépravé, amant d'une religieuse qui écrivait à la Gestapo, était une chose inimaginable. L'esclandre profiterait à leurs ennemis. Combien de braves gens méjugeraient leur combat en découvrant cette affaire de mœurs ? Cette histoire devait faire le moins de vagues possible.

Ils la jugèrent le lendemain. Tourniac avait choisi un lieu isolé, près de Lanouaille, afin de ne pas attirer l'attention sur son propre camp. Douze officiers de l'Armée secrète constituaient le tribunal militaire. Les débats furent menés à huis clos, en la seule présence de sœur Philomène et de Philippe, son défenseur.

À aucun moment la religieuse ne se départit de son calme, ni ne marqua la moindre peur devant cette mort à laquelle elle était promise. Une ombre noire grandissait auprès d'elle. Philippe plaida de son mieux, avant de conclure :

– Cette femme n'est pas notre ennemie. Elle ne demandait rien à personne, ne militait pour aucune cause. Elle a même aidé votre maquis en cachant sa radio. Sa faute est lourde, mais vous ne devez pas la condamner à mort. Ne voyez-vous pas que son refus d'accepter la moindre grâce n'est que le sursaut d'orgueil d'une femme blessée ? Elle a enfin compris ses erreurs, elle voit clair en elle. Jamais elle n'a eu autant envie de vivre ! Elle ne veut pas mourir pour des idées, mais par un irrépressible besoin d'expier ; elle marche vers le trépas comme elle est entrée au couvent. Elle a perdu sa vertu, son honneur, son lien privilégié avec Dieu ; il ne lui reste qu'à transcender son amour pour Robert, à le placer au-dessus de tout ce qui existe, pour ne pas se tromper une dernière fois. Cet amour déçu, humilié, ce pauvre amour de quatre sous pour un homme qui n'en vaut pas la peine, c'est toute sa fortune ! Alors, s'il vous plaît, épargnez-la !

Philippe avait parlé longtemps ; il se tut, épuisé. Son discours avait été plus compatissant que juridique. Thérèse ne voulait pas laisser aux résistants, à l'évêque, d'autre choix que de la faire mourir. Aussi reprit-elle l'initiative par un abandon total ; elle gardait le beau rôle, elle rachetait ses fautes. Orgueil et folie des grandeurs, voilà le luxe qu'elle pouvait à présent s'offrir. Si les militaires, si le prélat, ne la condamnaient pas, s'ils ne respectaient pas la loi qu'ils avaient eux-mêmes édictée, ils perdraient toute crédibilité. Elle ne voulait pas qu'ils se donnent bonne conscience en la condamnant à vivre. Le cœur raffermi, elle s'adressa à ses juges avec une volonté héroïque.

– Je ne veux pas fuir mes responsabilités, dit-elle. Je reconnais mes fautes, je sais que je mérite la mort et ne demande pas l'acquittement.

Pardonnez-moi d'avoir mis vos vies en danger, mais je ne regrette pas de m'être battue pour mon amour.

Philippe avait fait tout ce qu'il pouvait, donné à cette femme tout ce qu'il pouvait lui donner, mais il ne pouvait défendre sœur Philomène contre elle-même. Il songeait à cette force tragique, à ces dieux barbares qui ruinaient l'esprit et le corps des hommes, leur conscience et leurs certitudes, qui les broyaient et les précipitaient du sommet lumineux du bonheur dans le gouffre du trépas.

Reconnue coupable, sœur Philomène fut condamnée à être fusillée.

XXII

SŒUR PHILOMÈNE avait été emmenée à l'écart, dans une petite maison de la vallée de l'Auvézère, que surveillaient deux sentinelles. Ce moulin de la Forêt, près du Pont-Lasveyras, les résistants ne l'avaient investi que depuis quelques jours ; la Gestapo ne penserait pas à l'y chercher. Un silence total avait envahi le véhicule qui conduisait Philippe, Tourniac et Masclat vers la prison de la religieuse. Le poids de leur sentence pesait sur eux comme une nuée de plomb, un ciel d'hiver. La nuit était noire quand ils arrivèrent.

Le prêtre pénétra seul dans le bâtiment. La jeune femme ne dormait pas ; elle avait passé de longues heures à prier. Il fut impressionné par son calme et son détachement.

La pièce dans laquelle ils se trouvaient comportait pour tout ameublement une longue table de ferme et deux bancs. Quelqu'un avait allumé un feu dans la cheminée. La jeune femme, qui apparaissait perdue dans la contemplation des flammes, ne se retourna pas quand Philippe entra. Il alla s'asseoir en face d'elle, de l'autre côté de la table. Longtemps, elle resta silencieuse, comme si elle n'avait pas conscience de sa présence. Puis elle releva la tête, et il reçut de nouveau le choc de son regard bleu, mais comme adouci, apaisé. Thérèse était toujours aussi belle, mais ce n'était plus l'étourdissante jeune fille du parc Gamenson. Elle parla enfin.

– Mon père, commença-t-elle, je suis heureuse de vous avoir auprès de moi en ce moment. Nous nous connaissons peu et vous ne m'avez jamais vue que sous mon plus mauvais jour. Il me reste peu de temps pour me racheter à vos yeux.

Elle avait dit non à la vie par vocation, par goût intime de la mort. Son attitude pouvait paraître insensée ou bornée, elle en tirait sa grandeur. L'entêtement qui avait été le sien pour entrer au couvent, pour vivre sa passion avec Robert, elle le conservait à présent pour affronter la mort. Elle serait elle-même jusqu'au bout.

Ils parlèrent toute la nuit. La confession de sœur Philomène fut une longue évocation de souvenirs qui émut le prêtre autant qu'elle. Ils aimaient tous les deux Robert, d'un sentiment certes différent, et il leur semblait sentir sa présence avec eux ; ils se rejoignaient tous les trois dans une douce et chaste fusion d'amour. Ils eurent l'impression de vivre toute une vie en quelques heures. Il l'appela Thérèse, son nom d'enfance, son nom de femme aimée et lui fit revivre toutes les étapes de son être. Sa courte existence lui paraissait soudain bien longue, bien remplie. Le prix de la vie n'était pas le même à vingt ans qu'à quarante. La jeunesse, souvent, la gaspille, n'imaginant pas qu'une vie puisse être brève ; le bonheur doit exploser comme un soleil, sans mensonge ni compromis, par peur obscure de ce qui se passe, se transforme et meurt. Mourir jeune, c'est nier la mort des autres, la disparition physique tout autant que l'évanouissement de son rêve, sa dissolution dans la médiocrité quotidienne. Mourir quand on a du feu dans le cœur, quand on croit encore que le bonheur n'est pas un os à ronger, mais un jaillissement perpétuel. Tout et tout de suite, ainsi avait vécu, ainsi avait brûlé la jeune âme de sœur Philomène. L'espoir, c'était bon pour ceux qui avaient une pensée politique et qui se battaient pour un monde meilleur. Le monde était bon dans les bras de Robert : à quoi bon l'espoir ? Nul regret, nul remords, nulle envie ne l'habitaient plus et le désespoir lui donnait la grâce, la béatitude, tout ce qui vient quand il n'y a plus rien à attendre : la remontée vers la source, la marche vers la lumière. Pendant cette longue nuit de feu, Philippe, la tenant par la main, lui avait fait découvrir toute l'extraordinaire beauté de sa vie. Elle était convaincue de n'avoir pas vécu en vain, d'avoir donné un sens à son existence, d'avoir pesé sur l'histoire des autres.

Un peu avant l'aube, les ténèbres lui parurent plus épaisses et enveloppantes. Elle connut son jardin des Oliviers, se sentit abandonnée, pleine de doutes. Le vieux pressoir de Gethsémani semblait l'écraser, l'étouffer. Souffrance de l'olive avant qu'elle ne devienne huile sainte. Philippe était toujours là, l'encourageant, l'aidant à porter cette lourde croix.

– Est-ce que ça va faire mal ? murmura-t-elle.

La pensée de son corps déchiqueté par les balles la glaçait soudain de terreur.

– Vous ne sentirez rien ; votre âme, à présent blanchie, et votre foi vous préserveront de la douleur.

Il le croyait sans doute, et elle le crut aussi. Prêtre consolateur, il était l'image, l'alter ego du Dieu sacrifié qui l'attendrait, les bras ouverts, à l'instant même de son trépas.

Aux dernières encres de la nuit, sœur Philomène avait retrouvé sa pureté, la certitude que Dieu allait l'accueillir auprès de Lui. Elle se sentait redevenue petite fille, mais savait qu'il faudrait être pleinement adulte à l'heure de mourir. Elle souhaitait à présent que l'exécution ait lieu très vite ; elle ignorait combien de temps durerait son courage.

– Philippe, dit-elle enfin, prenez soin de Robert. Il est fragile malgré les apparences. Veillez sur lui, aimez-le pour moi.

Philippe hocha silencieusement la tête ; il lui aurait promis n'importe quoi, elle ne lui demandait que ce qu'il aurait fait de toute façon.

Tourniac avait fait tirer au sort les douze membres du peloton d'exécution. Selon l'usage, une des armes avait été chargée à blanc. Chaque homme pouvait ainsi, dans un soulagement un peu lâche, penser qu'il avait fait grâce à la victime. Cela permettait d'éviter, comme c'était déjà arrivé, que des tireurs manquent volontairement le condamné, prolongeant inutilement ses souffrances.

Le colonel savait que ces hommes auraient volontiers adopté cette petite femme blonde si émouvante, qu'ils n'avaient vue qu'en habits civils. Christine n'aurait eu qu'à bien se tenir ! Les femmes leur manquaient et ils étaient prêts à pardonner bien des choses. Tourniac commanderait lui-même le feu.

L'aube se levait. Une lueur blanchâtre annonçait le retour de la grande lumière quand, réconciliée avec Dieu et avec les hommes, sœur Philomène parut. Elle avait demandé à mourir en habit de religieuse, à genoux, les mains libres et sans bandeau sur les yeux pour manifester son attachement au seul Jésus-Christ et son désir d'entrer, à Son Image, librement et volontairement, dans Sa Passion et son intention de recevoir la mort les yeux grands ouverts afin que nul obstacle ne l'empêchât de contempler Sa Splendeur. Elle ne se sentait pas digne de se comparer à Son Maître, mais voulait espérer ressembler au bon larron qui, à l'instant suprême, avait tourné son visage vers Dieu.

Une petite esplanade accrochée au flanc d'une falaise escarpée, à la croisée du sentier qui passait au-dessus du moulin de la Forêt et de celui qui donnait accès au moulin des Deux-Eaux ; un poteau fixé dans le sol.... On entendait le chuintement de l'Auvézère dont les eaux n'étaient pas encore prises par les glaces. Des chandelles gelées pendaient aux rochers du froid vallon, cierges livides de la mort. La prairie était tout juste assez grande pour contenir le peloton, l'officier et la condamnée. Le grondement des cascades couvrirait celui de la salve. Sœur Philomène avançait au bras de Philippe sur un étroit chemin, rendu glissant par un léger tapis de neige fraîche. Les paroles du *Salve Regina* puis du *Veni Creator* couraient sur ses lèvres en un chant muet. Soudain, son pied porta à faux ; un jeune résistant eut le réflexe de la retenir. Elle le remercia avec un pâle sourire ; il rougit. Dans quelques minutes, il déchargerait son fusil sur cette femme.

Son grand courage émerveillait les hommes, leur en imposait, se communiquait à eux qui rechignaient à s'aligner devant elle. Il faisait beau au point du jour et la timide brume matinale donnait à la scène un aspect irréel. La bravoure de sœur Philomène, ils l'admiraient, mais elle leur faisait peur, les renvoyant à leur improbable attitude devant la mort. Elle en remontrait à ces rustauds qui, le plus souvent, manquaient d'imagination.

Pensait-elle encore trop à elle-même, cette religieuse, en s'abandonnant à son sort ? Était-ce un dernier orgueil, cette manière de se placer devant le peloton d'exécution ? Sœur Philomène était-elle encore habitée par son amour pour Robert ou seulement par son adoration pour Dieu ? Les confondait-elle au moment suprême ?

Ces hommes qui allaient la tuer, elle les renvoyait à leur métier de soldats, à leur comportement devant une femme. Elle les culpabilisait, leur imposant de dire : on ne pouvait pas faire autrement. Elle leur apprenait ce qu'ils savaient déjà : être résistant, c'était pouvoir dire non.

Étaient-ils des patriotes ou des meurtriers ? Elle les obligeait à se poser la question, à justifier ce qui leur semblait une évidence. Mourir à vingt ans, c'était sa seule façon de pouvoir tout rendre, tout donner. Elle mettait la barre très haut et avait l'air de dire : pourriez-vous en faire autant ? Alors tuez-moi, mais ne me jugez pas ! Définitive pureté !

Elle semblait avoir agi en folle, mais elle renvoyait les hommes à leur folie de la guerre. Être fidèle à elle-même, c'était là sa gloire. Les soldats devaient continuer à vivre, pour se battre et parfois mourir ; elle leur avait fait admettre l'égalité de tous dans le trépas, où il n'y avait plus ni bons ni méchants. Sa mort serait comme une blessure que chaque combattant porterait en son flanc.

Sœur Philomène mourait d'avoir voulu ressembler à ses modèles littéraires ; une fin à l'antique, comme on en trouvait dans les livres qu'elle avait lus adolescente. Sa mort, comme ses amours, ressemblait à une image d'Épinal, et pourtant son courage était réel ; c'étaient bien de vraies balles qui allaient déchirer sa chair, meurtrir son beau corps fait pour le plaisir, anéantir cette vie qui avait cru à la joie.

Le silence se fit tout d'un coup. Les hommes étaient en place. Les premiers corbeaux du jour s'envolaient des arbres. Le colonel se tourna vers le peloton et ordonna le tir.

– En joue ! Feu !

La jeune femme s'écroula. Tourniac se précipita pour un inutile coup de grâce, un ultime acte d'amour. Près de lui, Diego pleurait avec de gros sanglots d'enfant.

– Imbécile ! En Espagne, tu n'en as pas exécuté, des bonnes sœurs !

– Oui, renifla l'autre, mais elles étaient vieilles et laides... et franquistes. Celle-là... celle-là, elle avait le visage de la Madone !

Tourniac s'éloigna, s'appliquant à chasser l'émotion qui le gagnait par de grands gestes de colère :

– La Madone, la Madone ! grommela-t-il. Si les membres du Parti se mettent à voir la Madone, maintenant ! Où allons-nous, où allons nous ! Putains d'Espagnols, toujours le cul entre le communisme et la religion !

Sœur Philomène fut enterrée sur place. Philippe plaça sur sa tombe une simple croix de bois, sans inscription. Il n'y avait pas de fleurs en cette saison.

XXIII

La voix étranglée par l'émotion, les larmes aux yeux, Philippe fit à Robert le récit des derniers instants de sœur Philomène. Robert aurait donné toutes ses nuits de plaisir pour avoir partagé avec elle ces heures douloureuses, mais il n'en avait pas été jugé digne et, depuis ce soir-là, quelque chose s'était brisé en lui ; il semblait s'être rapetissé. Cette lumière, cet optimisme qui l'habitaient depuis toujours s'étaient éteints. Il annonça à Philippe sa décision de passer dans la clandestinité. Il ne pouvait rester plus longtemps à l'institution Saint-Michel, il s'était trop exposé, il les mettrait tous en danger. Dévoré de remords, il pensait n'avoir plus sa place parmi des prêtres et des éducateurs. Il n'avait pas d'autre choix que la fuite en avant.

Il savait que Thérèse l'avait pardonné, mais lui ne se pardonnait pas. Tout ce qu'il y avait en lui d'exigence avait besoin de châtiment et de réparation. S'exposer aux balles serait se rapprocher un peu de Thérèse. Il n'attendait ni compassion ni salut.

Philippe avait beau lui rappeler qu'il y avait de l'orgueil à se montrer trop dur avec soi-même, Robert ne pouvait revenir en arrière. Il avait perdu la foi, l'espérance et l'amour, jeté sa théologie aux orties, son froc dans un placard. Mais il lui restait la force, première des vertus cardinales. Tourniac l'acceptait au sein du bataillon. Il n'avait rien à faire d'un mauvais prêtre, mais il était preneur d'un bon soldat.

– Elle est partie sans toi, lui avait dit Philippe. Dans la foi et avec une dignité, un courage, une grandeur d'âme dont bien peu d'hommes auraient été capables. À présent, il faut conserver sa mémoire, prier pour son salut, et continuer à vivre.

– C'est-à-dire poursuivre le combat, avait répondu Robert. Il n'y a plus que dans la guerre que je puis être moi-même.

Philippe n'avait pas protesté ; il savait que son ami avait raison.

– Quand nous reverrons-nous, Robert ? Pourrons-nous seulement nous retrouver une fois encore ?

Ils sentaient monter autour d'eux la marée de la violence, avant l'explosion libératrice.

– Veille sur les enfants, protège-les. Masclat et Mgr Munch feront tout pour te prévenir en cas de danger.

– Et toi, mon ami, prends soin de toi !

Robert regagna le maquis qui s'était déplacé vers le nord-est, du côté de Sarlande. Il ne retrouva jamais la joie qu'il avait éprouvée autrefois auprès de ses camarades ; il était solitaire et farouche comme un loup. Simple soldat, soumis aux tâches les plus humbles et les plus rudes, et à une obéissance quasi monastique, il fuyait sa prêtrise, mais une invisible soutane lui collait à la peau, telle une tunique de Nessus, et le brûlait lentement.

Au campement, il avait retrouvé Christine. Elle l'aimait bien, son curé, malgré son mauvais caractère ; elle l'aimait encore mieux maintenant qu'elle le voyait désemparé et malheureux, plus seul que Robinson sur son île, au milieu de la promiscuité du bivouac. Bonne fille, elle voulut l'aider, se rapprocher de lui, mais il l'évitait. Pouvait-elle comprendre qu'elle était, pour lui, le vivant reproche de la mort de Thérèse ? Cet homme-là faisait tout à l'envers, songeait l'infirmière. Il disait qu'il n'était plus prêtre, et le voilà qui renouait avec un vœu de chasteté qui ne lui pesait guère quand il portait la soutane ! Redevenu laïc, il portait son refus des femmes comme un cilice qui lui brûlait la peau. Il se mortifiait, se punissait en refusant à son corps les satisfactions élémentaires que sa vigoureuse nature réclamait.

Il s'initia au maniement des armes et devint vite un excellent tireur. Il avait peut-être raté sa vocation, après tout. Il songeait souvent à son père qu'il avait tant idéalisé, parce qu'il lui avait tant manqué. Robert avait cru pouvoir naître de lui-même, par son travail, ses études, son intelligence. Il mesurait à présent la vanité d'un tel projet. Son père, soldat de la boue, qui montait à l'assaut chaque matin avec les autres, hagards de fatigue et de peur, ces gens modestes que l'effroyable misère des tranchées mettait tous au même rang, et qui tous étaient devenus des saints. L'ombre de son père l'avait suivi, silencieuse, depuis sa venue au monde. Et voilà qu'un autre fantôme marchait désormais à son côté, plein de blâmes, mêlant à jamais dans son cœur l'amour et la douleur.

Robert, naturellement, se portait volontaire pour les missions les plus dangereuses.

Le 14 février, descendu avec un petit groupe sur Périgueux, il participa à l'attaque d'un convoi allemand aux Versannes. La colonne ennemie avait quitté le matin même la caserne Saint-Georges pour une patrouille dans le centre du département. Les maquisards décidèrent de lui tendre une embuscade au moment où elle regagnerait la ville. Dissimulés dans un bosquet de genévriers, ils attendirent toute la journée, les nerfs à vif, les mains crispées sur leurs armes. Engourdis par le froid et la grisaille, et dans l'impossibilité d'allumer le moindre feu. Ils commençaient à désespérer quand le bruit des moteurs se fit entendre. Les deux camions de troupe, précédés d'un side-car et d'une voiture de commandement, apparurent dans le virage.

Lorsque le lieutenant Muller, chef du commando, ordonna l'attaque, Robert se redressa de toute sa grande taille. Côte à côte avec ses camarades, avançant d'un pas égal comme des faucheurs couchant l'herbe des prés, la mitraillette Sten au poing, ils ouvrirent le feu sur la tête du convoi. Le motard s'affaissa sur son guidon ; la voiture et la moto, criblées de balles, basculèrent dans les champs en contrebas. Très vite, avant que les soldats ne puissent descendre des camions, la troupe décrocha et se replia dans le sous-bois. Le premier engagement de Robert n'avait pas duré trois minutes. Une demi-heure après, ils étaient en sécurité.

Ils apprirent par la suite que Michel Hambrecht, le chef de la Gestapo de la Dordogne, avait été blessé au cours de l'opération.

XXIV

Pour Vichy, l'enlèvement et le meurtre de sœur Philomène étaient une aubaine. La robe noire et blanche de la nonne fut brandie comme un drapeau, l'étendard d'une nouvelle croisade. « Des bandits assassinent une religieuse dans des conditions révoltantes », lisait-on dans *La France.* Sur l'antenne de Radio Paris, Philippe Henriot s'en donnait à cœur joie, dénonçant la menace communiste qui rôdait sur le seuil de chaque Français. « Ces terroristes français surpassent en cruauté les bourreaux rouges de la guerre d'Espagne », hurlait-il, au bord de l'apoplexie. Le Périgord devint à la fois la Catalogne aux mains des anarchistes et la citadelle de Stalingrad.

Avec sa verve emphatique, Henriot fit de la jeune femme une nouvelle Jeanne d'Arc, victime éternelle des Anglais. C'était Blandine dans les arènes, dévorée par des fauves à figure humaine, sainte Geneviève devant les Huns. Et inlassablement, il appela à la délation, au nom de la France, de la Loi, de l'Église.

Pour les Allemands aussi, l'exécution de la religieuse était une bonne affaire, l'occasion toute trouvée de mater ces Périgourdins à la nuque un peu trop raide. Si la police n'y suffisait pas, l'armée saurait bien mettre à la raison ces rebelles arrogants. Périgord vert-de-gris, Périgord noir du deuil et des heures sombres, Périgord sanglant sur le blanc de la neige et des draps mortuaires : ils allaient en voir de toutes les couleurs. Thor et Wotan, les dieux de la guerre, allaient faire tomber leur foudre sur la région pour venger la petite martyre catholique. La partie la plus conservatrice de l'Église, celle qui s'était ralliée à Pétain pour son antisémitisme, hurlait avec les loups. Sœur Philomène était une sainte ; bientôt, son corps embaumé allait faire des miracles. S'ils le retrouvaient, ils le découperaient en morceaux, en enfermeraient des fragments dans des pierres d'autel ou les exposeraient à l'intérieur de reliquaires dorés, de châsses couvertes de pierres précieuses et les adoreraient comme des idoles. Ne disait-on pas déjà que le poteau auquel elle avait été liée, ce poteau que personne n'avait jamais vu, avait fleuri de roses de Noël, rouges et blanches, qu'il avait pris racine et donné naissance à un bel arbre, un de ces chênes vigoureux dont les feuilles symboliques ornaient le képi du Maréchal et la croix de fer des nazis ?

Pain bénit aussi, savoureuse hostie pour le chanoine Bourmont qui se répandit en lamentations sur le Périgord, vieux terroir chrétien, à jamais souillé par un tel crime. Rallumant les anciennes guerres de Religion, toujours présentes dans les mémoires, il déclarait à qui voulait l'entendre que l'exécution de sœur Philomène était un crime plus abominable que tous ceux des protestants de Coligny ou des hérétiques de Bernard de Cazenac. Moderne chevalier, à l'imitation de son maître Mayol de Lupé, il s'érigeait en protecteur des femmes, éternelles victimes de la barbarie. Sœur Philomène se retrouvait à la tête d'une cohorte de malheureuses qui formaient, autour du chanoine, toute une armée de défuntes vierges et martyres, celles que le sire de Duras faisait exploser, après leur avoir bourré le vagin de poudre, ou ces paysannes à qui la dame cathare, Alix de Turenne, à la diabolique beauté, faisait couper les seins et les pouces pour les rendre inaptes à l'allaitement et au travail.

À l'inverse, le préfet de la Dordogne, qui avait diligenté une enquête, avec bien peu d'éléments, doutait de la culpabilité de la Résistance, sur la foi de témoins qui, quelques mois auparavant, avaient entendu la jeune femme tenir des discours peu favorables à la collaboration, lors d'une conversation à l'hôpital, avec un prêtre infirmier. Pas de corps, pas de preuve ; qu'on lui produise le cadavre de la religieuse, et il prendrait des sanctions.

La Gestapo de Périgueux, par ses espions, connaissait vaguement l'emplacement du maquis qui avait exécuté sœur Philomène : quelque part, à l'est de Thiviers, entre Dordogne et Corrèze. Elle ne l'aurait peut-être jamais trouvé sans une visite que reçut la police allemande de Paris. Originaire de Limoges, mais vivant dans la capitale, le Dr Dubreuil, fervent admirateur du Maréchal, était propriétaire d'un petit moulin sur l'Auvézère, non loin de Payzac. Il n'y avait pas mis les pieds depuis deux ans, mais il savait, par des voisins, qu'un important groupe de résistants venaient de s'y installer. Agissant par pur patriotisme, il demandait néanmoins, outre la prime promise, que son bien soit respecté, les Allemands ayant la désagréable habitude de brûler les maisons occupées par le maquis.

Transmis à la Kommandantur de Limoges, et à celle de Périgueux, le dossier suivit son cours. Les 12, 13 et 14 février 1944, une Peugeot 301 noire sillonna les routes et les chemins d'un vaste triangle constitué par Thiviers, Pompadour et Saint-Yrieix. À son bord, deux jeunes hommes, les cheveux savamment gominés, élégamment vêtus, l'un, d'un costume clair à rayures et de chaussures bicolores, l'autre, le plus grand, d'une culotte de cheval et d'un blouson de cuir fauve. Ils avaient admirablement l'air de ce qu'ils étaient : deux petits maquereaux de Limoges. Une jeune femme blonde les accompagnait, à la beauté un peu vulgaire, les cheveux frisottés, portant un chapeau et une robe un peu trop légère pour la saison, qu'elle recouvrait d'un manteau chic. Elle riait et plaisantait comme pour une partie de campagne. Elle vivait de ses charmes et constituait le gagne-pain de ces messieurs. Il s'agissait surtout de trois agents français de la Gestapo de Limoges ; ils questionnèrent beaucoup, firent maints recoupements.

Le maquis de Payzac était plutôt tranquille. Confortablement installés dans un site enchanteur des gorges de l'Auvézère aux allures montagnardes, généreusement approvisionnés en viande et en pain par les paysans des alentours, les résistants menaient une existence douillette, à cheval entre Dordogne et Corrèze, ce qui les mettait à l'abri des deux juridictions. Début janvier, ils avaient investi le moulin de la Forge et s'y sentaient fort bien. La bâtisse était également connue sous les appellations de moulin de la Forêt et de moulin du Pont-Lasveyras, du nom d'un bel ouvrage médiéval dont les trois arches, précédées d'avant-becs, fendaient les eaux tumultueuses de la rivière, cinq cents mètres en aval. Le bief poissonneux, bordé de vieux saules couverts de lierre, fournissait le maquis en truites et brochets.

Fort d'une cinquantaine de membres et dirigé par le capitaine Puget et son lieutenant Lefort, le groupe se composait surtout de jeunes réfractaires du STO qu'il fallait former militairement avant de les envoyer au combat. L'essentiel des opérations consistait à récupérer des armes après les parachutages. Leur quiétude n'avait été troublée qu'une seule fois, quelques jours auparavant, par l'intrusion des soldats du bataillon Fantôme, qui avaient enfermé une jeune femme dans le moulin, avant de la fusiller sur les hauteurs.

Le 16 février 1944, à l'aube, une colonne allemande de trois cents hommes, fantassins, miliciens et membres de la Gestapo quitta Limoges et, après avoir traversé Angoisse, la bien nommée, et Payzac, à six kilomètres du moulin, s'arrêta au hameau de Pissac, deux kilomètres au sud du camp. Parmi les véhicules militaires, les témoins remarquèrent une 301 noire, avec, à l'intérieur, deux hommes élégants et une jolie femme.

Hambrecht, qui se remettait lentement de sa blessure, et qui enrageait de ne pouvoir participer en personne à l'opération alors qu'il avait fourni l'essentiel des renseignements, envoya son premier contingent de supplétifs nord-africains, sous les ordres de l'adjudant Kitz, pour les tester au combat. Le SS Willinger était, depuis plusieurs jours, en infiltration dans la région. L'untersturmführer n'en avait soufflé mot au capitaine Marquet, son homologue de la Milice de Périgueux, préférant ne pas partager les lauriers départementaux.

Les gendarmes de Lanouaille, ainsi que le facteur, dont le fils était au maquis, comprirent immédiatement le danger. Au péril de leur vie, ils tentèrent à plusieurs reprises de contourner le dispositif allemand pour prévenir les résistants, mais ils tombèrent sur une deuxième colonne de soldats qui descendait, par le nord, la rive droite de l'Auvézère. Ils n'eurent que le temps de se cacher. Les mâchoires du piège s'étaient refermées. Le vieux pont de pierre trembla sous le passage des chenillettes, side-cars, voitures de commandement et autres camions de troupe débordant de miliciens et de soldats allemands et russes de l'armée Vlassov.

Puget était absent ce matin-là, mais il avait installé deux postes avancés, deux « sonnettes », le moulin des Deux-Eaux, au nord, et la ferme de la Forge, à l'est, censés protéger le groupe et donner l'alarme. Guidés avec précision par les souteneurs, les éclaireurs allemands n'eurent aucun mal à contourner silencieusement les deux redoutes. Une sentinelle fut égorgée. Le bataillon avait exécuté une parfaite manœuvre de prise en tenailles : une compagnie descendant la rivière, l'autre la remontant et les deux dernières les protégeant en empêchant tout mouvement. Parvenue à cinq cents mètres du moulin, la troupe principale avança, sur la rive gauche, par un large chemin qui permettait une progression rapide.

Aux premières lueurs du jour, les résistants furent réveillés par le tir des soldats parvenus à cent mètres du bâtiment. Ce fut aussitôt le branle-bas de combat et la fusillade éclata de tous côtés, les fusils-mitrailleurs Bren répliquant aux mitrailleuses allemandes. Les maquisards ne voyaient rien et ne savaient même pas s'ils étaient attaqués par les Boches ou les miliciens. Lefort ordonna de ne tirer qu'à coup sûr et d'économiser les munitions ; elles étaient rares. À la pluie de plomb succédèrent les obus de mortiers qui s'abattaient sur la bâtisse, en dévastant la toiture. Le moulin fut pilonné pendant deux heures ; la situation devenait intenable pour les résistants. Un commando en tenue de camouflage mouchetée, qui avait escaladé la falaise par le sentier des Deux-Eaux, mitraillette au poing, le manche des grenades dépassant de leurs ceintures, passa à quelques mètres de la tombe de sœur Philomène, sans la voir. Le doigt sur la gâchette, ils tentaient de se placer au-dessus du moulin pour y jeter leurs explosifs, obsédés par l'idée de voir des partisans surgir au milieu de cet environnement rocheux et sauvage, où le bruit de la fusillade ne parvenait pas à couvrir totalement le grondement des eaux.

Vers midi, les maquisards ayant pratiquement épuisé leurs munitions, les soldats s'approchèrent, dissimulés par les murettes et les talus, et lancèrent des grenades par les fenêtres. À l'intérieur, on comptait déjà une dizaine de morts et de blessés. Les deux Français de la Gestapo appelèrent à la reddition ; un jeune résistant agita un mouchoir blanc par la lucarne.

Les nazis entrèrent dans le moulin en vociférant, hurlant des ordres et des insultes, faisant sortir les patriotes à coups de crosse. Ceux qui ne levaient pas les mains assez vite étaient abattus sur place. La quarantaine d'hommes qui se retrouva dehors, les bras en l'air, entendit les cris des blessés qu'on achevait. Toujours poussés et frappés, ils furent ensuite obligés de se coucher en cercle autour d'un pommier, les mains derrière la tête, sur le sol froid que recouvrait une mince couche de neige. Un infirme qui ne pouvait prendre la position fut exécuté d'une balle dans la nuque, ainsi que le cuistot, qui portait encore son tablier.

Le colonel Holh, un SS détaché à la Gestapo de Limoges, qui commandait l'opération, interrogea une heure durant.

– D'où es-tu ? Pourquoi es-tu ici ? Qui t'a dit de venir ?

Les coups pleuvaient avant même qu'ils aient pu répondre. On leur ordonna de se ranger sur trois colonnes. Un homme, qui avait levé la tête, fut tué. La première rangée dut se coucher près du ruisseau, la deuxième sur l'esplanade, la troisième au pied de la colline. Une nouvelle heure interminable passa ainsi. La question avait changé.

– Où est le chef ? Qui est le chef ?

Les coups tombaient toujours, mais personne ne répondait. Lefort se leva et dit :

– C'est moi le chef.

Ils l'embarquèrent ; ils avaient besoin de lui pour savoir où étaient cachés les vivres et les véhicules du maquis et pour découvrir le fin mot sur l'affaire Philomène.

Ils ordonnèrent ensuite aux douze hommes de la colonne du milieu de se lever, et leur firent porter armes et munitions jusqu'aux camions qui stationnaient sur la route de Pompadour. Des coups de feu, des hurlements éclatèrent ; les bourreaux massacraient tous les autres prisonniers.

En regagnant son PC, le 16 au matin, accompagné seulement de cinq hommes, le capitaine Puget était tombé sur la colonne allemande. Dans l'impossibilité d'agir, il avait détaché une estafette auprès du colonel Tourniac, son voisin immédiat, le seul qui pouvait venir à son secours. Celui-ci, prenant lui-même la tête de la vingtaine de combattants qu'il avait pu rassembler, accourut au plus vite ; mais il était trop tard. Les deux compagnies de protection formaient un barrage impénétrable. Ils ne purent s'approcher suffisamment pour intervenir. Du haut de la colline, Puget, Tourniac et Robert, des larmes de rage aux paupières, assistèrent impuissants à l'interrogatoire et au massacre. Trente contre trois cents, deux fusils-mitrailleurs contre des mortiers, ils ne pouvaient passer à l'action, même pour faire diversion. Au loin, en contrebas, ils entendaient les agonisants qui criaient de douleur, appelant leurs mères.

Les Allemands ayant reformé leurs colonnes pour le départ, ils purent, avec mille précautions, s'approcher à portée de fusil. Ils ouvrirent le feu, mitraillant les camions, avec une espèce de fureur triste. Couché derrière un Bren, Robert tirait comme un fou. Les véhicules s'éloignèrent.

Ils descendirent enfin vers le moulin. Le silence y régnait, ainsi qu'une odeur de poudre, de sang et d'excréments, l'odeur habituelle des batailles. Un grand feu, où brûlaient des armes brisées, avait été allumé par les nazis. Les résistants examinèrent un à un les corps déjà froids. Le facteur de Lanouaille, qui s'était joint à eux, buta sur celui de son fils. Près du cerisier, Robert découvrit un survivant dont le cœur battait encore faiblement. Les maquisards le transportèrent chez un médecin de Germiniac qui lui donna les premiers soins, puis le conduisit dans sa voiture à l'hôpital de Clairvivre, où il comptait des amis sûrs. L'unique rescapé de la tuerie fut ensuite caché chez un couple âgé de Savignac-Lédrier, des gens simples et bons qui avaient perdu un fils à la guerre.

Interrogé à Limoges après avoir révélé aux Allemands l'emplacement des vivres et des véhicules, Lefort avait courageusement pris sur lui l'exécution de sœur Philomène, exonérant par là tous les autres groupes. Les treize prisonniers furent condamnés à la déportation. Le 26 avril, ils partirent pour Auschwitz avec un convoi de mille huit cents cadavres en sursis. Au bout de quatre jours de voyage, certains étaient morts, d'autres devenus fous. Sept des treize périrent dans le camp.

XXV

Pour l'opinion publique vichyste, sœur Philomène avait été vengée. L'autorité allemande, quant à elle, avait les plus grands doutes sur les aveux de Lefort, bien que Hambrecht ait sabré le champagne à la Kommandantur pour fêter l'anéantissement du bataillon Fantôme. Aussi, dès le lendemain de l'attaque, renvoya-t-elle de nouveau ses informateurs français à la recherche du maquis de Tourniac, dont elle soupçonnait l'existence entre le groupe Mars, anéanti en octobre 1943, et le maquis de Payzac, exterminé la veille.

Conscient de l'importance qu'avait prise l'exécution de sœur Philomène dans les esprits, le colonel Tourniac fit exhumer le corps de la religieuse et déplacer sa tombe de quelques kilomètres, au milieu des bois. Le terrain fut soigneusement compressé ; il ne resta plus trace de tertre ni de croix. Plus aucun signe ne venait marquer son tombeau dont l'emplacement, disparu de la mémoire des hommes, ne fut plus honoré, au printemps, que par un tapis de violettes, la fleur des morts avant l'apparition des chrysanthèmes.

Masclat, l'homme des renseignements, fit même courir de faux bruits : Thérèse avait été graciée à la dernière minute, elle avait quitté la France avec son amant. La nouvelle courut, s'amplifia, se déforma, savamment entretenue par le commandant qui usait de tous les canaux dont il disposait. Était-elle morte, vivante ? Allait-elle revenir ? Ses propres parents, se refusant au pire, espéraient toujours, entretenant les rumeurs. On l'avait vue à Bergerac, à Périgueux... N'était-elle pas passée aux mains d'un maquis de Sarlat ? On la disait aussi en retraite dans un couvent de Bretagne, retirée au Carmel sous les cieux espagnols, redevenue laïque, ralliée tantôt à la Résistance, tantôt à la Milice. Sœur Philomène quittait le monde des vivants pour entrer dans la légende.

Dès le 17 février, la Peugeot 301 noire et ses trois occupants avaient repris leur ronde, explorant le moindre hameau entre Saint-Yrieix et Thiviers. Les collabos possédaient quelques informations précieuses. Parvenus à Sarlande, le deuxième jour, ils se rendirent chez Mme Lavergne, l'épouse de l'instituteur. Le véhicule stationna sur la grande place, à la garde de la femme. Mitraillettes au côté, les deux souteneurs firent irruption dans la maison, prononçant le terrible :

– Police allemande ! Nous voulons voir votre mari, nous n'avons qu'un petit renseignement à lui demander.

Le lieutenant était justement dans sa chambre, pour quelques jours de permission. Se précipitant à l'étage, ils le menacèrent.

– Habille-toi et suis-nous. Tu vas venir nous raconter si c'est bien toi, le chef du bataillon Fantôme.

Lavergne se vêtit le plus lentement possible, sa femme lui apporta un chandail supplémentaire.

– Pressons ! Pressons ! s'énervaient les policiers.

Mme Lavergne leur proposa un verre, mais ils refusèrent. Ils se savaient en terrain ennemi et avaient l'air inquiet. Comme pour confirmer leurs craintes, leur compagne, affolée, poussa la porte et dit :

– Dépêchez-vous, ça grouille.

Les villageois, menaçants, avaient entouré la maison. Les trois gestapistes en sortirent, serrant de près leur prisonnier, pour se retrouver en face d'un homme mince qui les mettait en joue avec une mitraillette Sten. Prévenu de leur présence, le colonel Tourniac était arrivé à temps. Travers et Zimmermann se tenaient à ses côtés. Promptement désarmés, les trois agents furent poussés sur la banquette arrière de la Peugeot. Lavergne, un grand sourire aux lèvres, leur désigna Tourniac :

– Le voici, l'homme que vous cherchez, le colonel Fantôme.

Après l'affaire du Pont-Lasveyras, les rescapés du maquis de Payzac et une partie du groupe de Thiviers s'étaient regroupés à Sarlande dont la population était totalement acquise à leur cause. Les trois collabos étaient allés se jeter dans la gueule du loup.

Tourniac et Travers prirent place dans la 301, tandis que les autres s'entassaient dans une traction à gazogène, et le convoi s'éloigna en direction du nord.

Profitant d'un cahot de la route creusée de nids de poule, le plus petit des deux hommes s'empara du pistolet de Travers et le blessa à l'épaule. Tourniac fit une embardée, précipitant le véhicule dans le fossé, mais ne put empêcher le deuxième policier de saisir sa mitraillette et d'ouvrir le feu, étoilant le pare-brise. Une balle lui érafla le visage.

Dans un tourbillon de poussière, la traction vint se ranger contre la voiture accidentée. Lavergne en surgit, écarta d'un coup de pied la portière que tentait de repousser l'homme au blouson de cuir fauve, et abattit celui-ci à bout portant, tandis que le second, déchirant son costume dans les ronciers, disparaissait dans un épais fourré, sous une volée de balles.

Tourniac fit rapidement encercler le bosquet en criant :

– Écartez-vous, je le vois ! Nous allons balancer des grenades.

Paniqué, l'homme surgit des buissons, mais n'eut pas le temps de lever les bras ; Travers et

Zimmermann l'exécutèrent d'une rafale. La femme blonde n'avait pas bougé de son siège.

Conduite à la ferme qui servait de PC, elle fut longuement interrogée et raconta tout ce qu'elle savait. Elle et ses complices avaient déjà touché de la Gestapo une prime de cent mille francs chacun pour la destruction du maquis du Pont-Lasveyras. Ils devaient en recevoir autant pour la capture du Fantôme. La prochaine cible des Allemands serait le maquis FTP de la Béchoulie, plus au nord, vers Jumilhac. Ceux-là, au moins, sauveraient leur peau.

Quand la jeune femme cessa de parler, elle regarda ses geôliers d'un air effrayé. Avait-elle voulu soulager sa conscience, ou simplement tenté de sauver sa vie en échange d'aveux détaillés ? Les résistants ne pouvaient prendre le risque de la laisser derrière eux. Ce n'était pas sœur Philomène : elle ne fut même pas condamnée ; elle devait mourir, c'était tout.

Elle cria, pleura, se débattit, réclama un prêtre, peut-être dans un sincère repentir, ou pour gagner du temps, ou parce que cela se faisait dans ces circonstances.

Robert ne bougea pas ; il n'y avait plus de prêtre en lui. Il n'éprouvait pas de compassion pour cette jolie femme blonde aux cheveux frisés, si élégante quelques heures auparavant, et à présent tassée sur sa chaise, la culotte, la robe et les bas souillés d'urine, et qui pleurait. Il ne ressentait plus le lien d'humanité qui pouvait le rattacher à cette misérable loque, à cet esprit confus qui refusait de quitter un corps tourmenté. Il n'acceptait pas d'établir la moindre comparaison entre Thérèse et cette femme. Et même, après ce qu'il avait vu au Pont-Lasveyras, il se sentait parfaitement capable, si on le lui demandait, d'exécuter lui-même la sentence. Il aurait pu, à cet instant, tuer toutes les femmes du monde, et son désir avec. Cette fille, coupable selon les lois de la guerre et des hommes, aucun prêtre ne pouvait la sauver. Seul Dieu l'aurait pu, mais Dieu n'était pas dans la pièce. Philippe, lui, aurait pu assister la femme inconnue, aussi bien que Thérèse, négligeant les différences entre une coupable aimée et un être vil, une religieuse et une prostituée, les entourant d'une même affection, trouvant les mots pour chacune. Philippe était une sorte de saint. Pas Robert. Même avant de renier son sacerdoce, il n'avait jamais ressenti, ni appliqué, cet amour égalitaire. Il mesurait la distance infinie qui le séparait de son ami. Philippe ne pouvait être autre chose que prêtre, alors que lui, il aurait tout aussi bien réparé des machines ou vendu des cravates. La vocation ne se payait ni d'enthousiasme ni de gratitude.

Après l'exécution de la femme, trois tombes furent creusées côte à côte, dans un lieu écarté. Fumant une cigarette en silence, Robert et Tourniac les considéraient d'un œil morne.

– La guerre est mon métier, commença le colonel, mais j'avoue que les pelotons d'exécution, quelle que soit la culpabilité du condamné, me mettent mal à l'aise. Je ne me sens plus dans mon rôle d'officier. On fusille parfois des gens qui auraient tout juste mérité un coup de pied au cul. Le peloton d'exécution, c'est une saloperie spécifiquement humaine.

Robert opina, songeant à Thérèse.

– Voilà qu'en l'espace de quinze jours j'ai fait fusiller deux femmes : une nonne et une putain ! Je crains d'être irrémédiablement considéré comme un tueur de femmes.

– Je ne connais même pas le nom de la femme et des deux hommes enterrés là-dessous, dit soudain Robert. C'est ça, la guerre : tuer des gens anonymes, les faire disparaître avant qu'ils ne deviennent sympathiques, ou, au moins, récupérables. Cette négation de l'individu permet tout : exécutions sommaires, mitraillages, bombardements. Je me souviens d'une conversation avec Zimmermann : pour les juifs, seul existe ce qui est nommé. Philippe de Vassal me disait que, dans les camps, les nazis exterminent jusqu'au souvenir de l'existence des individus. Cette femme blonde que nous venons de tuer, ce n'est plus ni un nom ni un prénom, tout juste un visage, une image que nous oublierons vite, recouverte par d'autres.

Les tombes tourbillonnaient dans sa tête. Son père était mort et n'avait pas de tombe, juste un caveau vide, et son nom inscrit un peu partout, sur la dalle, à l'église, sur le monument... Thérèse avait deux tombes dont l'emplacement était effacé, livré à la nature. Les trois gestapistes sans nom, sans existence, reposaient devant lui sous les trois tertres, trois monticules de terre, trois taupinières que le temps araserait.

Tourniac lui-même avait sa sépulture, pensa-t-il en souriant, bien qu'il fût en cet instant assis près de lui, parfaitement vivant et décidé à le rester.

En effet, conscient que le colonel était dans le collimateur de la Gestapo, et que les hommes arrêtés au moulin finiraient par parler sous la torture, Masclat, en même temps qu'il brouillait la légende de sœur Philomène, avait décidé de faire croire à la mort de Tourniac. Un des résistants tués au Pont-Lasveyras n'ayant pu être identifié, il répandit le bruit que c'était lui, le chef du bataillon Fantôme : les Allemands avaient fini par l'avoir.

À la radio, Philippe Henriot, très attentif aux événements du Périgord depuis l'exécution de la religieuse, chanta victoire. Les Allemands, eux, étaient furieux : quel imbécile avait abattu un chef de l'Armée des ombres qui, après un traitement adéquat, aurait pu fournir des renseignements inestimables ?

XXVI

L'affaire Philomène avait entraîné la première intervention massive de l'armée allemande en Dordogne et les occupants avaient constaté l'efficacité d'une opération directe et brutale. La guerre véritable venait de commencer en Périgord. Mais la police ne chômait pas non plus. Poursuivant ses investigations pour découvrir la cache du maquis Fantôme qui avait enlevé la religieuse, elle arrêta à Périgueux un responsable haut placé qui, pour sauver sa peau, se mit à table. La Résistance de la ville fut décimée.

À l'institution Saint-Michel, la disparition de Robert ne passa pas inaperçue, pas plus que son absence à l'évêché. Marquet convoqua Philippe dans son bureau et l'interrogea sans ménagement. La Milice voulait tout savoir de ce prêtre qui lui semblait bien peu catholique. Philippe se contenta de dire que son ami était auprès de sa mère, à Thiviers, et le père Bonnier, qui se doutait de la vérité, confirma la version officielle. La police se renseigna, Robert n'avait pas mis les pieds à Thiviers depuis plusieurs mois. Mgr Berteaux se montra évasif, il ignorait tout mais le chanoine Bourmont fit à ses amis un compte rendu détaillé de l'attitude hostile de Robert, ses propos, sa violence, ses menaces. Les miliciens interrogèrent également le personnel de l'hôpital. Ils n'avaient pas encore fait le lien avec sœur Philomène, ne disposant pas des mêmes éléments que la Gestapo avec laquelle ils étaient en rivalité, mais ils suivaient la piste du fugitif.

Au cours d'un repas à l'évêché, Bourmont, qui avait un peu abusé de la bouteille, se laissa aller à des confidences. Il savait que les Allemands préparaient, pour le début du mois de mars, une vaste opération destinée à rafler des juifs cachés dans la campagne. Par une indiscrétion, il en connaissait tous les détails ; il aimait jouer les hommes renseignés, ceux à qui l'on faisait confiance. Philippe, qui assistait au dîner, demanda une audition à Mgr Munch ; il avait maintenant, lui aussi, son contact direct avec la Résistance. L'évêque de Strasbourg lui obtint un rendez-vous avec Masclat, à midi, dans l'église de la Cité.

– Il fallait que je vous voie, dit très vite Philippe. Le 4 mars, la Gestapo va arrêter les familles juives réfugiées à Saint-Pierre-de-Chignac. Il faut empêcher cela. Pouvez-vous déplacer ces populations ?

Masclat réfléchit un instant.

– Le délai est trop court, dit-il enfin, et je n'ai pas les moyens. Mais je vais monter une opération militaire pour intercepter les Boches.

Philippe redoutait une telle réponse ; par ses renseignements, il allait entraîner la perte de vies humaines ; mais il n'y avait pas d'alternative. Il lui sembla soudain qu'il comprenait mieux Robert ; au fond, c'était peut-être son ami qui avait raison.

Sous la direction de Yachvili, toujours volontaire pour les coups durs, un groupe d'une douzaine de soldats quittèrent le camp de Thiviers le 28 février. L'affaire commença mal. En chemin, ils perdirent trois hommes, en tombant sur un barrage de miliciens qui ouvrirent le feu sans sommations. Réduits à neuf, ils firent jonction avec un parti de FTP qui les hébergea et les renforça d'une section. Le 4 mars, l'embuscade tendue sur la RN 89, à hauteur de Sainte-Marie-de-Chignac, fut un échec. Le convoi poursuivit sa route et les juifs de Saint-Pierre-de-Chignac furent tous arrêtés.

Le chanoine Bourmont pressait Philippe de partager ses repas ; il lui était difficile de toujours refuser. La prudence la plus élémentaire exigeait de répondre à ses invitations, il pourrait bien lui soutirer quelques renseignements. C'est au cours d'un de ces dîners chez Bourmont qu'il rencontra le lieutenant El Fayed, officier de la toute nouvelle Hilfspolizei, la brigade nord-africaine que les Allemands venaient de créer et d'envoyer en Dordogne. Philippe pensa que le Périgord ressemblait de plus en plus à la tour de Babel. Dans le maquis, Robert le lui avait raconté, s'alliaient harmonieusement l'occitan local et le français national, l'anglais des alliés parachutés, l'espagnol des antifranquistes, l'alsacien et le yiddish des réfugiés, le géorgien et le russe de ceux qui avaient jeté la vareuse vert-de-gris. En face, aux côtés des miliciens français, les nationalités les plus diverses se retrouvaient sous l'uniforme allemand, à commencer par la mosaïque soviétique de l'armée Vlassov : Russes, Géorgiens, Ukrainiens, et même des Mongols. Plus au nord, en Charente, des Italiens restés fidèles à Mussolini attendaient de fondre sur la Dordogne, à moins qu'ils ne préfèrent mettre la crosse en l'air. Capturés en Égypte et en Libye avec l'armée anglaise, des Hindous auxquels Hitler avait promis l'indépendance arpentaient les rues de Périgueux. Et maintenant, les Arabes ! Le Grand Reich, comme l'Empire romain, confiait la garde de ses marches à des troupes étrangères, des mercenaires. Sous un déluge de feu, le monde moderne vacillait sur ses bases. Quelle arche de Noé pourrait sauver ses occupants ? Dans l'antique Babylone, Dieu avait rendu les hommes fous et mélangé leurs langues pour punir leur orgueil. Pris d'une folie meurtrière, les nazis voyaient certains de leurs alliés déserter pour s'embrigader dans l'armée adverse.

Le jeune homme portait à la fois un uniforme allemand et une barbe non réglementaire qu'il avait réussi à imposer par respect envers sa religion. Dans ses yeux luisait une étrange flamme. Depuis le mois de mars, il s'était installé, avec ses hommes, dans le foyer du théâtre municipal, et tenait son PC dans l'ancien magasin des pianos Lacape. Ses hommes portaient une tenue évoquant à la fois les armées allemande et française : pantalon de golf, blouson bleu marine et béret. Seuls les officiers et sous-officiers avaient le droit de revêtir la tunique des vainqueurs. Le lieutenant El Fayed se sentait constamment humilié. Sa brigade avait été baptisée « la Phalange », en hommage aux combattants arabes qui avaient servi sous Rommel, dans l'Afrika Korps. Les Espagnols les surnommaient « los Moros », en souvenir des Marocains de Franco. Mais la population du Périgord, les résistants et leurs propres chefs, des Français, ne les nommaient pas autrement que « les Bicots ». Le fondateur de la Phalange, le gestapiste et gangster Henri Lafont, était venu lui-même à Périgueux, en grande tenue de capitaine SS, pour présenter cette nouvelle armée aux autorités allemandes. El Fayed savait que la centaine d'hommes placée sous ses ordres était constituée pour l'essentiel de truands de la pire espèce, d'escrocs, de maquereaux, recrutés par Pierre Bonny, le complice de Lafont. Il en blêmissait de honte.

Lui, El Fayed, il luttait pour une cause. Il était cultivé, et, d'accord avec Zoubib, le commissaire politique de la Phalange, il pensait réellement que le nazisme était le meilleur garant de la libération du monde arabe. Dès avant la guerre, Hitler était entré en contact avec les mouvements anticoloniaux en Égypte, en Irak, en Palestine, en Algérie. Il leur avait promis l'indépendance et mis en œuvre une politique destinée à balayer ces Anglais et ces Français, qui n'avaient pas tenu leurs promesses en 1918, et d'éliminer les juifs exécrés. Le grand mufti de Jérusalem, Hadj Amin El Husseini, circassien, il est vrai, et non arabe, s'était rallié aux thèses racistes du national-socialisme, et avait mis ses hommes au service des Allemands. Certains mystiques ne murmuraient-ils pas que Hitler pouvait être le Mahdi, l'imam caché qui annonçait la fin de l'Histoire et le règne de l'islam ?

Pourtant, El Fayed se méfiait des Allemands ; les Arabes n'étaient-ils pas des sémites ? Il avait su néanmoins s'introduire au cœur de leur système, devenant un de leurs principaux agents en Algérie. S'il avait honte de ses hommes, le lieutenant savait les utiliser. La Phalange se fit vite une réputation abominable ; les Allemands eux-mêmes en étaient effrayés. Mettant la ville en coupe réglée, ses membres entassaient le produit de leur vol dans leur repaire de l'hôtel d'Orient, cours Fénelon. Chaque fois qu'ils volaient, violaient ou frappaient des Français, chaque fois qu'ils tuaient un juif à coups de botte ou qu'ils exécutaient des otages, soupçonnés de Résistance, ils creusaient un peu plus le fossé entre populations arabe et européenne, rendant la séparation inéluctable, mais El Fayed voyait plus loin que Hitler. Les Arabes libérés, les juifs exterminés, les Occidentaux divisés et ruinés par la guerre ; de nombreuses têtes tomberaient, y compris parmi ses propres hommes, ces répugnantes crapules qu'il faudrait rééduquer ou faire disparaître ; mais un jour, le Coran régnerait sur le monde.

Lors de son dîner chez Bourmont, El Fayed ne tint qu'un discours intellectuel, très ferme, mais dont la finalité demeurait cachée. Philippe était néanmoins assez fin connaisseur de la politique allemande pour en deviner l'aboutissement.

– Trouvez-vous normal que, dans les colonies françaises, mes coreligionnaires soient traités comme des sous-hommes privés de tous leurs droits ? demanda El Fayed. Pas un de vos « pieds-noirs » ne s'est jamais intéressé à l'islam ! Pensez-vous que la colonisation méprisante des puissances financières qui pillent nos pays et se soucient si peu des indigènes soit en accord avec votre religion ?

– Certes non ! répondit Philippe. Je suis convaincu que tous les êtres humains sont égaux devant Dieu, et que les lois humaines doivent se conformer à ce principe. Je condamne également les propos racistes dont vous et vos hommes êtes l'objet. Mais comment vous, qui êtes profondément croyant et qui savez que l'islam revendique la parole de Jésus, pouvez-vous passer alliance avec ces nazis païens et barbares ?

Le chanoine Bourmont, n'osant interrompre ses hôtes, se tortillait sur sa chaise, mal à l'aise. Le tour que prenait la conversation l'inquiétait prodigieusement. D'un autre côté, il saurait se souvenir des propos de Philippe.

– Je n'aime pas les Allemands, répondit El Fayed. Ce sont des idolâtres. Mais nous, les « colonisés », n'avons pas de bombardiers pour détruire les villes de nos ennemis. Et je veux parler aussi des villes françaises, ajouta-t-il en jetant un regard de loup sur les convives. Tout ce que nous pouvons faire est de semer la terreur parmi vos populations. J'en suis désolé, mais c'est une étape nécessaire. N'est-ce pas ainsi qu'agissent vos soi-disant résistants ?

– Ce ne sont pas « mes résistants », se défendit Philippe qui se trouvait en terrain dangereux. Il me semble que l'avenir nous réserve une décolonisation mondiale, dans le respect des différences ethniques et religieuses, mais je ne pense pas que l'Algérie puisse en faire partie ; c'est un département français et ceux qui y sont nés sont chez eux. Et je ne partagerai jamais vos délires antisémites et militaristes.

Il parlait trop, il le savait. El Fayed répondit en caressant sa barbe de prophète :

– L'Église catholique n'a-t-elle pas établi sa grandeur sur une activité guerrière, répressive et intolérante ? Mais l'Occident chrétien a épuisé sa force vitale. L'islam est prêt à prendre la relève.

Philippe rentra chez lui rêveur et sombre. Il lui semblait tout à coup que la guerre ne finirait jamais.

XXVII

La férocité de la répression allemande, l'approche qu'on devinait du débarquement, et la progression des alliés en Italie, rendaient partout les combats plus âpres. La Résistance poursuivait les actions de sabotage tout en s'engageant de plus en plus dans des batailles ouvertes où elle ne pouvait encore espérer vaincre. Près de Brantôme, au nord du département, un lieutenant-colonel SS, un capitaine de la Gestapo et leur chauffeur furent tués dans une embuscade. Pour les Allemands, le Périgord devint un pays à reconquérir. Des ordres venus directement de Berlin le déclarèrent zone interdite. Depuis l'exécution de son ami Verdier, à Sainte-Foy-la-Grande, l'automne précédent,

Philippe Henriot s'en prenait plus particulièrement aux résistants périgourdins, comme à des ennemis personnels. Ses propos radiophoniques déchaînés, suite à la mort de la religieuse, avaient fini de convaincre les Allemands d'anéantir ce foyer de révolte permanente. L'arrivée de la Phalange n'était que les prémices d'une vaste opération.

Le 25 mars 1944, vers 21 heures, la division commandée par le général de brigade Walter Brehmer fit son entrée dans Périgueux, dans un vacarme de moteurs, de crissements de pneus, de vociférations. Composée d'Allemands et de Russes issus de l'armée Vlassov, elle possédait sa propre artillerie, ses blindés légers et même une section de DCA assez incongrue ici, ainsi que sa propre Gestapo investie d'une mission secrète. Une semaine durant, ce fut un ballet de motos, de véhicules gris circulant en tout sens et à toute vitesse, affolant les piétons. Et, de fait, les habitants, craignant un nouveau Varsovie, se terraient dans leurs maisons ou se réfugiaient dans les caves. Le premier soir, une ambulance escortée gagna l'hôpital de

Brantôme pour récupérer les corps des trois Allemands tués. Des rafales furent tirées dans les fenêtres, les infirmières religieuses, brutalisées, le directeur du centre, roué de coups.

Le 26 au matin, le chef de la Gestapo de Périgueux, Michel Hambrecht, conduisit ses hommes et la Phalange d'El Fayed aux portes de Brantôme. La ville fut mise en coupe réglée, systématiquement pillée, les gangsters de la Hilfspolizei faisant main basse sur l'argent, les bijoux, le linge, violant plusieurs jeunes filles. Les hommes et les femmes du bourg furent séparés en deux colonnes. Vingt-cinq otages, des résistants tirés pour l'occasion de la prison de Limoges, furent entassés dans un autocar escorté de deux automitrailleuses, puis conduits à l'emplacement où les officiers allemands avaient été tués. Là, les phalangistes les exécutèrent un à un, ainsi qu'un juif reconnu parmi la population.

Ce n'était que le début de la ronde infernale. Cinq cents autres otages, issus de tout le département, furent enfermés, à Périgueux, dans le manège des casernes du 35e régiment. Certains furent fusillés, d'autres déportés. Les Mussidanais fournirent la moitié de ce contingent de misérables. Pendant deux jours, on les laissa sans nourriture. Comme il n'y avait pas de sanitaires, on ordonna aux juifs d'évacuer les excréments à mains nues. À Ribérac, quatre garagistes furent passés par les armes ; dans les champs, les paysans étaient tirés comme des lapins ; fermes et châteaux furent incendiés.

La Résistance fit ce qu'elle put : à Terrasson, cinq Allemands furent tués lors du mitraillage d'un convoi, mais ce n'était là que piqûres d'abeilles sur la carapace de l'hydre. Le 27, afin de venger les victimes de l'embuscade de Sainte-Marie-de-Chignac, à laquelle Robert avait participé quelques semaines plus tôt, vingt-cinq otages supplémentaires, juifs ou résistants, furent extraits des geôles limougeaudes et immolés sur les lieux mêmes de l'attaque. Pendant ce temps, le saccage de Brantôme continuait ; les juifs reconnus étaient aussitôt abattus et soixante hommes prirent le chemin de Périgueux.

Le lendemain, 28 mars, le nord du département fut quadrillé à son tour, chaque village recevant la visite des bourreaux qui semblaient se déplacer à la vitesse de l'éclair. À Château-l'Évêque, les Allemands exigèrent les registres municipaux et fusillèrent cinq juifs. Peu à peu, l'objectif de la division Brehmer se révélait aux Périgourdins. Tout en réprimant le maquis et en exterminant les juifs, il s'agissait de terroriser la population pour rendre la Résistance odieuse à ses yeux. Des listes de dénonciations circulaient, distribuées par le général comme autant d'ordres de mission.

Le 29 mars, soixante véhicules vinrent se baser à Excideuil et rayonnèrent dans la région. À nouveau le sang juif coula, à Lanouaille, Corgnac, Ligueux ; les nazis semblaient vouloir en abreuver le sol.

« Trempez-vous toujours dans le sang des impurs ! Vous vous purifiez et garantissez le rétablissement de l'équilibre racial », avait écrit Himmler.

« Tout ce qui est favorable au bonheur doit être couvert de sang », avait ajouté Hitler.

Le général Brehmer appliquait à la lettre les délires mystiques du Führer et du chef de l'Ordre Noir. La main des dignitaires nazis s'était ouverte, libérant le démon sur le Périgord. La vieille terre rebelle, berceau de la culture humaine, devait être nettoyée par le feu et le sang, pour qu'un ordre nouveau règne sur son sol sous l'égide de la race des seigneurs.

Arrêtés à Sorges, trois prisonniers furent mis à mort à Thiviers. C'était un message personnel à l'intention du maquis de Tourniac.

Sentant l'étau se resserrer sur sa petite troupe, celui-ci dispersa ses hommes. Toute lutte était vaine, il fallait se cacher, survivre, avant de se regrouper et de reprendre les armes. Par petits groupes de dix ou vingt, empruntant les chemins forestiers, le bataillon se fondit dans la nature.

En traversant à découvert la nationale 21, au sud de Thiviers, Robert et ses neuf compagnons furent repérés par un blindé léger dont le tir des mitrailleuses les obligea à se jeter dans le fossé. Chaque fois que l'un d'eux levait la tête, une rafale le renvoyait au fond du trou. Quand le blindé fut rejoint par deux camions chargés d'hommes qui mirent pied à terre, Robert sut qu'il n'avait plus le choix. Les maquisards déclenchèrent un tir nourri qui coucha une dizaine d'Allemands sur la route, puis il ordonna la retraite, à toutes jambes. Trois des siens furent hachés par les balles.

Les sept survivants prirent vers l'ouest, entraînant l'ennemi sur leur piste, et s'attendant à tout instant à voir surgir devant eux des renforts. Le vent soufflant des coteaux du Limousin, les Boches mirent le feu à la forêt. Bientôt, un vaste rideau de flammes en arc de cercle enveloppa les fugitifs. Les fûts des grands résineux s'embrasaient en ronflant, les grenades qui explosaient entre leurs pieds étaient des pommes de pin brûlantes. Tout en courant, ils avalaient de la fumée qui leur mangeait les poumons et les faisait tousser. Ils parvinrent cependant à s'extraire du brasier. L'incendie qui devait causer leur perte les sauva, en les dissimulant au regard des poursuivants, peu désireux par ailleurs de se risquer sur un sol incandescent. Lorsqu'ils arrivèrent en vue des toits de Saint-Jean-de-Côle, Robert lança :

– Je connais le bedeau, il va nous cacher.

Les sept hommes se glissèrent directement dans l'église où ils s'enfermèrent. Lorsque les véhicules allemands s'arrêtèrent sur la place, les maquisards dégoupillèrent leurs grenades, décidés à se faire sauter plutôt que d'être pris. Les nazis fouillèrent le village et tambourinèrent aux battants verrouillés de la collégiale. Robert s'attendait à ce qu'ils enfoncent la porte, mais les cris diminuèrent, les pas s'éloignèrent. Les Allemands étaient partis chercher le sacristain. Celui-ci fourragea dans la serrure avec la clef, s'écriant avec une colère feinte :

– Ah, ce n'est pas la bonne... M. le curé a dû l'emporter avec lui et il est à Saint-Pierre.

Après avoir visité toutes les maisons du bourg, les soldats remontèrent dans leur camion et, traversant le pont gothique qui franchissait la rivière, s'éloignèrent à la recherche des maquisards.

Ceux-ci attendirent la nuit dans l'église. Pour Robert, qui n'avait pas mis les pieds dans un édifice religieux depuis longtemps, ce fut un retour aux sources, un pèlerinage. Un parfum de religion lui agressa les narines. La vieille abbatiale sentait la sacristie, embaumait l'encens et les rameaux de buis fraîchement coupés. On atteignait le temps pascal. Il eut une brusque faim d'hosties, imaginant leur goût dans sa bouche, laissant remonter en lui les souvenirs, la nostalgie d'un paradis perdu.

Le 30 mars, la plus grande partie de la division Brehmer gagna Terrasson, au sud-est du département. Elle incendia une partie de la ville et fit régner la terreur pendant vingt-quatre heures. Les villages des alentours, Jayac, Fanlac, Nadaillac, Auriac, Azerat, furent martyrisés, égrainés un à un, effroyable chapelet de Satan, pour former la semence de la future moisson des nazis. Croisés d'un autre temps, dissimulés derrière l'armure de leurs blindages, la croix gammée remplaçant celle du Christ, ils sillonnaient le Périgord, laissant derrière eux les flammes des bûchers et les cadavres des « hérétiques ».

Le 31 mars, le carnage se poursuivit en direction du sud-ouest, à Saint-Rabier et Salignac. À Sarlat, les nazis raflèrent vingt-huit juifs ; une insulte ayant fusé d'un wagon, ils firent mitrailler le train. Cinquante otages furent saisis à Belvès et livrés au Minotaure.

Un parti de maquisards qui avait fait deux prisonniers fut rejoint par les Allemands à Rouffignac, au cœur de la forêt Barade. Une fusillade éclata dans les rues, le bourg fut immédiatement encerclé et tous ses habitants arrêtés. Les cent dix maisons constituant la petite agglomération furent incendiées, plusieurs femmes furent violées et soixante-cinq hommes pris en otages et conduits à Périgueux.

Le 1er avril 1944, la division Brehmer s'abattit sur Hautefort, Saint-Pierre-de-Chignac et Sainte-Orse, puis, dans la nuit du 2 au 3, gagna la Corrèze par la nationale 89. Les Périgourdins, hébétés par tant de crimes, près de trois cents morts et plus encore de déportés, n'étaient pas au bout de leurs peines. Michel Hambrecht et ses gestapistes étaient toujours là, appuyés par le 779e bataillon géorgien, et les hommes d'El Fayed. Ces derniers, avec leurs cruautés coutumières, arrêtèrent trente juifs à Périgueux, le 4 avril.

Côte à côte, Hambrecht et El Fayed éprouvaient la satisfaction du travail bien fait, la jouissance de la victoire : le feu de l'apocalypse avait brûlé le Périgord. Les deux hommes, pourtant, se méprisaient cordialement. Pour le nazi, l'Arabe n'était qu'un supplétif, un inférieur qu'on avait revêtu, ou plutôt déguisé, de l'uniforme du Grand Reich. Pour El Fayed, l'Allemand n'était qu'un païen abruti et dégénéré. Chacun des deux croyait se servir de l'autre, et ils ne servaient que la mort.

XXVIII

LE PASSAGE de la division Brehmer laissa la Résistance périgourdine en état de choc : réseaux dispersés ou détruits, caches d'armes découvertes, arrestations, morts, peur. Certes, la mobilisation était toujours aussi forte et la population ne s'était pas désolidarisée des maquis, mais il fallut un bon mois pour reconstituer la force de frappe... et le temps pressait. De leur côté, les Allemands restés en Dordogne étaient terrorisés à l'idée des représailles qui pouvaient s'abattre sur eux, une fois le général parti. À Périgueux, Hambrecht regroupa toutes les forces présentes : Feldgendarmerie, Kommandantur, Gestapo et Phalange, dans un même immeuble de la place du Maréchal-

Pétain, transformé en un véritable bunker, protégé par des barbelés, des tranchées, des sacs de sable et d'énormes chevaux de frise. Le couperet du couvre-feu s'abattit sur les Périgourdins ; certains, plus hardis ou simplement étourdis, le payèrent de leur vie.

Le chanoine Bourmont reprit du poil de la bête ; la répression allemande l'avait rassuré quant à son avenir immédiat, et la correspondance qu'il échangeait avec son mentor, Mgr Mayol de Lupé, l'enfonçait toujours dans ses rêves insensés. Et puis, la disparition de Robert le soulageait ; peut-être même était-il mort ? Pendant cette semaine de folie, nombre de victimes avaient été jetées dans des fosses communes, les nazis ayant interdit toute identification. Restait Philippe. Malgré sa présence régulière, à ses soupers ou à l'évêché, Bourmont se méfiait de ce jeune prêtre, trop poli pour être honnête. Son engagement ecclésiastique semblait sans faille, mais son insistance à défendre les juifs pouvait l'avoir entraîné hors du chemin de la légalité. Le chanoine s'était toujours rêvé homme de terrain, il avait un insatiable besoin d'être reconnu par les seigneurs germaniques qu'il vénérait, et de n'être pas seulement apprécié pour la férocité de sa plume et de ses sermons, mais pour des exploits guerriers. Il s'imaginait décoré de la croix de fer pour services rendus. Bien sûr, ses positions étaient trop connues pour qu'il puisse jamais devenir un agent secret efficace, mais il savait que l'on trouvait souvent près de soi ce que l'on cherchait en vain ailleurs. Il rôda autour de l'institution Saint-Michel, y fit de fréquentes visites, confessa de jeunes âmes.

Ce 10 mai 1944, Philippe se sentait un peu déprimé : il songeait à son frère, fait prisonnier avec ses hommes le premier jour de l'offensive allemande, et qu'il n'avait pas revu depuis quatre ans. Le courrier était rare, de Silésie. Il savait qu'il souffrait de la faim et du froid.

Tous les enfants étaient en classe lorsque la petite troupe de policiers et de phalangistes força le portail de l'institution, investit la cour et les bâtiments et fit irruption dans les salles. Philippe, qui était en train d'expliquer les subtilités de la philosophie de Montaigne, fut arrêté devant ses élèves, conduit dans son bureau et gardé à vue par un soldat. Les enfants furent rassemblés dans les dortoirs, tous les bâtiments furent fouillés de la cave au grenier, avec une brutalité qui ressemblait à un saccage. Le militaire qui surveillait le prêtre était un Allemand d'une bonne cinquantaine d'années, beaucoup trop vieux, semblait-il, pour porter encore l'uniforme. Il lui murmura, des larmes dans les yeux :

– Attention aux enfants, prenez garde à eux ! Mes camarades sont mauvais. J'ai des enfants, moi aussi... À Berlin, sous les bombes.

Mais son message venait trop tard. Les élèves durent se mettre en rang, le pantalon sur les chevilles, sous les railleries des hommes d'El Fayed. Les cinq jeunes juifs furent rapidement découverts. Confiants dans la protection de leur école et de leurs professeurs, ils ne semblaient pas encore réaliser ce qui leur arrivait. Vincent Lentier, le pion réfractaire au STO, qui n'avait pas osé entrer dans la clandestinité, fut lui aussi arrêté. Tous furent conduits à la Kommandantur, ainsi que le directeur, le père Bonnier, pour y être interrogés. Tenaillés par la peur, ils pénétrèrent dans l'antre de l'ogre.

L'untersturmführer Michel Hambrecht dirigea lui-même l'interrogatoire, assisté du SS Willinger ; Willy Birkenfeld assurait la traduction. Les questions portaient essentiellement sur Robert et son réseau de « terroristes ». Les nazis, avec l'aide de la Milice, avaient à peu près reconstitué son histoire. Il était établi que ce maudit curé avait toujours préféré la compagnie des communistes à celle de son évêque, l'autorité de la juiverie internationale de Londres à celle du maréchal Pétain. On le savait impliqué dans plusieurs attentats, et sa responsabilité dans l'évasion des prisonniers de l'hôpital était prouvée. Ses relations scandaleuses avec sœur Philomène, pauvre victime des charmes sataniques de ce prêtre dégénéré, étaient démontrées ; il l'avait séduite pour mieux la livrer ensuite à ses bourreaux.

Hambrecht jubilait ; il tenait entre ses mains tous les fils d'une histoire qui allait éclabousser la Résistance, ternir irrémédiablement son image dans l'opinion des Français, et obliger l'Église à apporter un soutien inconditionnel à la Milice, si elle ne voulait pas passer pour complice de criminels débauchés. Il trouvait enfin, dans cette obscure préfecture provinciale, aux marches éloignées du Grand Reich, un rôle à sa mesure. Avec l'aide de Bourmont, il préparait soigneusement un rapport détaillé, non seulement pour ses supérieurs berlinois, mais aussi pour la presse. Il imaginait déjà les gros titres des quotidiens, avec son nom en caractères gras. Ce serait son heure de gloire, avec, à la clef, la possibilité de quitter le Périgord pour un poste plus prestigieux.

Philippe se défendait avec intelligence, révélant ce qu'il savait ne pouvoir nuire à personne, arguant de sa fonction cléricale et du secret qui y était attaché. Il ne sut jamais si on l'avait cru. Il ne fut pas torturé ; tout juste bousculé, giflé et insulté. Visiblement, les gestapistes ne le prenaient pas pour un véritable résistant.

– Savez-vous le risque encouru par ceux qui ne respectent pas les lois antisémites ? Le cachot ou le camp. Vous avez de la chance d'être apprécié par votre hiérarchie, mais n'abusez pas de notre patience !

Philippe planta son regard dans celui de Hambrecht. Il avait devant lui le mal absolu, il voulut faire comme s'il parlait à un homme.

– Mes convictions religieuses m'ordonnent d'aider tous les déshérités quelles que soient leur nationalité et leur confession, répondit-il d'une voix posée. Je protège les juifs que vous pourchassez comme je soutiendrais un de vos soldats s'il était en danger.

Hambrecht eut un mince sourire.

– Vous irez en prison pour cela, monsieur le curé.

– C'est bien, dit Philippe. Je désire simplement rester avec ces enfants que vous avez arrêtés au collège. Ils ont confiance en moi, ma présence leur est nécessaire. Je veux partager leur sort.

Une lueur d'étonnement passa dans le regard de l'autre.

– Vous ne savez pas à quoi vous vous exposez.

– Je le sais parfaitement, répondit Philippe.

Philippe et les cinq enfants n'étaient pas les seules victimes du 10 mai 1944, qui fut le jour de la grande rafle de Périgueux. Occupants et collaborateurs avaient rassemblé toutes les forces disponibles, bouclé et quadrillé la ville, divisée en onze secteurs. Des listes de résistants, juifs ou francs-maçons, ou de simples suspects, avaient été distribuées. Deux cents personnes au total furent prises dans le filet et regroupées au cinéma Le Palace, rue Bodin, pour y être interrogées. La moitié fut relâchée assez vite, les autres, emprisonnées – au camp de Saint-Paul-d'Eyjeaux pour les plus chanceuses. Une trentaine fut condamnée à la déportation en Allemagne. Il fallut attendre plusieurs jours l'arrivée d'un train disponible. Les convois étaient irréguliers, et la ville, privée d'électricité, ressemblait à une cité assiégée.

Le 17 mai, enfin, les malheureux en partance pour les camps d'extermination furent rassemblés sur le quai de la gare. Philippe tremblait un peu, de froid et de peur, ses cinq gamins silencieux autour de lui. Il voulait encore croire que les rapports qu'il avait reçus d'Italie étaient exagérés. Des camps de travail, affirmait-on. Les adultes, encore, ils pouvaient être productifs, mais les enfants ? Qui pouvait croire qu'on les emmenait en colonie de vacances ? Il pressentait l'impensable, l'innommable ; peut-être eût-il mieux valu ne rien savoir, et partir dans l'espérance. Le souffle du Moloch nazi passait sur eux.

Un milicien qu'il connaissait, un de ces « bons catholiques pratiquants », s'adressa à lui :

– Que faites-vous au milieu de tous ces youpins, monsieur le curé ? Vous n'êtes pas à votre place, restez donc avec nous. Nous avons besoin de vous.

– Je ne me suis jamais autant senti à ma place, au contraire, répondit Philippe.

Il avait eu du mal à choisir son camp dans le monde des adultes ; il découvrait qu'il était définitivement du parti des enfants. Il raffermit son courage en pensant à celui de sœur Philomène dans ses derniers instants. Cette image le hantait. La peur sur ce quai de gare n'était rien, les épreuves étaient à venir : le long voyage, sans pain, sans eau, la promiscuité étouffante, la lutte pour la survie, la saleté, la folie, la haine naissante. Et à l'arrivée, quoi ? Il imaginait une mort difficile. Le soldat fauché par la mitraille, Thérèse fusillée, c'étaient quelques instants de douleur ; lui, s'attendait à être lentement rongé par un cancer. Ce ne serait pas une affaire de bravoure, mais de ténacité ; il devait tenir bon, donner l'exemple, offrir sa souffrance, lui, l'*alter Christus*. Il avait charge d'âmes. Il rassembla les enfants autour de lui et ils montèrent dans le wagon ; la porte se referma sur la lumière.

XXIX

ROBERT N'APPRIT la déportation de Philippe que le lendemain de son départ. Depuis le 8 mai, le maquis du colonel Tourniac faisait l'objet d'une attaque en règle de la part de la Milice de Limoges. L'opération avait été combinée avec la rafle sur la préfecture de la Dordogne. Près de Sarlande, trois hommes avaient été abattus et un radio anglais fait prisonnier. Les autocars remplis de miliciens avaient été mitraillés alors qu'ils regagnaient Saint-Yrieix. D'une grenade tirée avec son Piat, Yachvili coupa un bus en deux. Les uniformes bleus des collabos tués ou blessés parsemaient la chaussée et les bas-côtés. Les deux jours suivants, les miliciens de Limoges et les

Périgourdins du capitaine Marquet prirent le bataillon Fantôme en tenailles et l'on assista à de véritables batailles rangées. Les combats durèrent jusqu'au 15 mai ; les troupes de Tourniac eurent trois nouveaux tués et de nombreux blessés.

Ce n'était pas fini : le 17 mai, les miliciens investirent Thiviers, installant leur PC à l'hôtel Terminus, avenue de la Gare, dont les caves servirent de prison et de centre de torture. Dès le premier jour, à 11 heures du soir, deux résistants capturés, et qui refusaient de parler, furent exécutés. Le père Cornille les assista. Un troisième, torturé pendant une semaine, finit par en mourir. La Milice instaura à Thiviers un « tribunal » qui opéra jusqu'au 6 juin.

Tourniac, chef de guerre intelligent et efficace, sauva une nouvelle fois son groupe. Ils combattirent, tendirent des embuscades, tuèrent des ennemis, se replièrent. Le 17 au soir, il pouvait savourer la survie de son bataillon, elle avait des airs de victoire.

Lorsqu'il apprit le sort de Philippe, Robert pleura de rage et de désespoir. À un jour près !

S'il l'avait su plus tôt, il aurait tout tenté : attaquer la prison, arrêter le convoi. En grinçant des dents, il jura de le venger. Étrangement, la déportation de son ami n'ajoutait à sa douleur qu'une colère supplémentaire, alors que, quelques mois auparavant, sa disparition l'aurait laissé totalement désemparé. Mais à qui n'a pas vu le corps de l'être aimé, le deuil est impossible et il pouvait encore croire à sa survie. Il l'imaginait en proie à toutes les souffrances d'un camp. Il savait aussi qu'il n'abandonnerait jamais les enfants. Robert voulait croire au miracle.

Le commandant Masclat n'était pas pour rien un as du renseignement ; et l'avidité du chanoine Bourmont le perdit. Cinq juifs, même petits, ça valait son pesant d'or. En allant toucher sa récompense, il fut repéré par une « taupe » placée dans le service.

Le colonel Tourniac n'aimait pas les règlements de comptes personnels ; la guerre n'était pas faite pour cela et on reprochait souvent aux maquisards de confondre la lutte pour la libération et les vengeances individuelles. Mais quand Robert se porta volontaire, il donna tout de suite son accord.

Le 20 mai, on célébra, en grande pompe, les funérailles des miliciens tués lors des combats du 17. Ils étaient tous là : Hambrecht l'Allemand, El Fayed le musulman, Marquet le milicien et, naturellement, le préfet. L'évêque de Périgueux, Mgr Berteaux, présidait la cérémonie, Bourmont l'assistait. Nul ne prêta attention à ce grand officier blond, galonné et décoré, qui quitta l'assistance un peu avant la fin des obsèques et se dirigea vers l'évêché. Sous son déguisement, Robert ne craignait qu'une chose : que quelqu'un lui adresse la parole en allemand. Aussi arborait-il un air autoritaire et distant qui décourageait toute envie de l'approcher.

Lorsque le chanoine regagna son appartement, il fut agréablement surpris de découvrir, de dos, l'uniforme admiré. Puis Robert se retourna, pointant sur lui l'œil noir d'un Luger réglementaire. Bourmont, d'abord, ouvrit de grands yeux incrédules, puis il bredouilla quelque chose, il suait de peur, les paroles s'étranglaient dans sa gorge. Robert reconnut le mot « pardon » mais lui-même était dans un de ces moments où se joue toute une vie. Avant de mourir, dit-on, on revoit les épisodes de son existence. Il en fut de même pour lui à l'instant de donner la mort. Le pardon : il savait que Philippe, lui, aurait pardonné ; Philippe était meilleur que lui. Robert se rappela une phrase de Montaigne qu'il faisait étudier à ses élèves, une sentence sur l'amitié et le souvenir d'un ami disparu : « Nous étions à moitié de tout, il me semble que je lui dérobe sa part. »

Cette citation s'appliquait à lui. C'était donc cela, mourir : perdre peu à peu les êtres que l'on aimait, comme des morceaux de sa propre chair, une blessure profonde qui allait en s'élargissant à chaque deuil.

Robert revit son propre parcours, sa destinée, sa déchéance. Il avait été ce prêtre révolté, qui militait contre les nazis et cachait des enfants juifs, ce prêtre qui portait le courrier de la Résistance, qui sabotait des trains. Il avait aimé sœur Philomène et cet amour avait conduit la jeune femme à la mort. Il était l'ami de Philippe et n'avait pas su le protéger, pas plus que les garçons dont il était responsable. Il sentait confusément qu'il devait expier pour tout cela. La mort de Thérèse, celle probable de Philippe et des enfants, étaient autant de châtiments personnels. Jusqu'où s'étendait sa culpabilité ? Le massacre du Pont-Lasveyras ? Oui, certainement. Les horreurs de la division Brehmer ? Depuis le début, un processus malin s'était enclenché. Il était devenu celui qui mitraillait les convois ; avait-il déjà tué ? Vingt soldats se dressent et lâchent une rafale, vingt mitraillettes Sten crachent des milliers de projectiles. Un ennemi tombe : qui l'a tué ? C'était comme la balle à blanc du peloton d'exécution. S'il tirait aujourd'hui, il deviendrait un assassin, mais il devait obéir aux ordres, d'autant plus qu'il les avait lui-même sollicités. Il se sentait totalement vide, vide de ceux qu'il avait aimés et perdus. S'il tirait de sang-froid, rien ne le différencierait plus des tortionnaires disciplinés qu'il combattait. Les nazis aussi pouvaient être de bons pères, de bons maris ; et même cet ignoble Bourmont en face de lui devait avoir une ou deux qualités ; l'homme est ainsi fait. Robert ne sentait plus en lui la chaleur de la vengeance ; un grand froid l'habitait. Il atteignait le stade où l'autre devient une chose, l'antithèse de l'amour, et il se sentait faible, vidé, soumis. Bien qu'il fût du bon côté du pistolet, il lui semblait avoir un couteau sous la gorge.

Le voyant hésiter, Bourmont reprit espoir, ne pouvant imaginer qu'un prêtre allait vraiment le tuer. Robert se convainquit que le pardon était mort dans le convoi qui emportait Philippe vers les camps. La balle atteignit le gros homme au front, il ouvrit la bouche dans un grand cri silencieux.

XXX

AVEC L'IMMINENCE du débarquement, le maquis de Tourniac se comportait désormais comme une armée en campagne, et affrontait ouvertement des Allemands et des miliciens timorés. De nombreuses escarmouches eurent lieu autour de Thiviers, jusqu'à ce que la Milice soit chassée sur Limoges. Les maquisards se risquèrent même à descendre en armes vers Périgueux pour participer au combat des Piles, où ils perdirent quatre des leurs.

Puis, le 6 juin, ce fut la grande lumière, le débarquement en Normandie. Une immense joie régnait dans le cœur de tous les combattants, un bonheur communicatif qui gagna rapidement toute la population. Comme aux plus beaux jours, ceux qui ne durent pas, le pays en liesse était uni par un ciment plus solide que le plus dur blockhaus. Il semblait, à cet instant, que la France n'ait jamais compté que quarante millions de résistants sincères, de gaullistes fervents, qui avaient dissimulé leurs sentiments pendant quatre ans pour tromper l'ennemi et mieux recevoir le sauveur américain. Moissonneurs de la dernière heure, beaucoup changeaient de bord, s'il était encore temps. Les chemins se couvraient d'hommes jeunes, la musette en bandoulière, qui venaient s'enrôler. Ceux-là aussi auraient leur part de la récolte. Les extrémistes se cachaient.

Il fallut vite se reprendre. Toutes ces années d'attente, de privation, toutes ces heures d'exercices, d'entraînement, trouvaient à présent leur justification. Les maquisards étaient désormais un infime élément de l'immense armée qui allait libérer l'Europe. Leur tâche était claire : couper définitivement les voies de communication, chemins de fer, routes, ponts, téléphones. Tout devait être mis en œuvre pour empêcher ou retarder la remontée des divisions allemandes vers le nord. La radio leur apprit qu'on se battait sur les plages, que les alliés prenaient pied sur le haut des falaises. La tête de pont était un fragile feu naissant, un espoir concret allumé sur l'à-pic des côtes normandes. Ils devaient le protéger, à n'importe quel prix.

Le 8 juin, un visiteur leur tomba du ciel. Le sergent Inigo Jones n'avait pourtant rien d'un ange. Membre de la mission Jedburgh, il était l'élément britannique de la « troïka » – un Anglais, un Américain, un Français – parachutée dans chaque brigade de la Résistance pour coordonner ses actions avec l'armée alliée. Après une formation de commando dans un camp du Roxburghshire, à la frontière entre l'Angleterre et l'Écosse, chaque « Jed » devait faire preuve, quel que soit son grade, des qualités d'un chef, d'une expérience approfondie en matière de sabotage et de combat rapproché, et du savoir d'un traducteur polyglotte.

Petit, le visage buriné, taillé à la serpe, creusé à grands traits, le sergent Inigo Jones, américano-canadien, petit-fils d'un Mexicain et d'une Indienne séminole, parlait français avec un épouvantable accent québécois. Parachuté la veille par un Halifax de la Royal Air Force, il arrivait tout droit de Normandie pour renforcer ses camarades qui montaient une opération de diversion vers Mouleydier dans le Bergeracois, afin d'y attirer l'essentiel des troupes allemandes. Il avait assisté au débarquement et décrivait à qui voulait l'entendre, et tous le voulaient, l'extraordinaire feu d'artifice, les milliers d'avions dans le ciel, larguant par grappes des milliers de parachutistes, les milliers de bateaux sur la mer portant des dizaines de milliers d'hommes. Les Périgourdins prenaient le Québécois pour un Gascon dont il avait la verve et la parole exagérée, mais ils rêvaient en écoutant sa voix grinçante, éraillée, qui s'exprimait en un savant mélange d'anglais, de français et d'espagnol. Ce charabia enchantait leurs oreilles mieux que le plus doux des poèmes. Qui plus est, le sergent Inigo Jones n'était pas venu les mains vides : vingt tonnes de matériel l'accompagnaient, à répartir sur toute la brigade.

Le soir de son arrivée, pour fêter l'événement, le cuistot du camp lui confectionna une gigantesque omelette aux truffes qui fit saliver ceux qui ne pouvaient que humer et contempler ce mets trop rare. Sous les yeux incrédules, puis horrifiés, des Périgourdins, il écarta soigneusement, de la pointe de son couteau de parachutiste, les « petits morceaux de charbon de bois carbonisés » qui parsemaient ses œufs.

Les Allemands du Périgord réagirent peu au débarquement ; en trop petit nombre, ils laissèrent des villes et des cantons entiers se libérer. Quelques miliciens, faits prisonniers, furent exécutés. Plus au sud, dès le 8 mai, la 2e Panzer division SS « *Das Reich* », qui sommeillait entre Agen et Montauban, se mit en marche : vingt mille hommes, cent cinquante chars d'assaut, une centaine de blindés légers, sous les ordres du général Heinz Lammerding. Direction la Normandie, par la RN 20. Seule la très forte chaleur ralentit leur progression jusqu'à leur entrée en Dordogne. Les premiers accrochages eurent lieu en Sarladais. À Groléjac, à Rouffillac, les résistants tentèrent de retarder, ne fût-ce que d'un instant, l'avancée du monstre.

Très vite, celle-ci bascula dans l'horreur : maquisards abattus sur place, tout civil aperçu transformé en cible vivante, familles entières brûlées vives dans leurs maisons. La division cheminait sur toute la largeur du département et sur la moitié de la Corrèze. Telle une nappe de feu, elle ravageait tout sur son passage. Si les attaques des patriotes ne furent que des coups d'épingle et les pertes causées, infimes au regard du lourd tribut qu'il fallut payer à chaque fois, le matériel ennemi, lui, supporta mal ce long déplacement. Au bout de huit jours, les deux tiers des chars et le tiers des chenillettes et auto-mitrailleuses avaient besoin de pièces détachées, et le carburant faisait cruellement défaut. Immobilisé en Dordogne, les nazis craignaient de traverser une région qu'ils considéraient comme entièrement aux mains des « terroristes ». Lammerding décida de convoyer son matériel le plus lourd par le chemin de fer, bien que la plupart des voies fussent coupées. Pour cela, il fit libérer la route entre Brive et Périgueux, et nettoyer la zone : ce furent les quatre-vingt-dix-neuf pendus de Tulle et le massacre d'Oradour-sur-Glane. Terrasson et Sarlat échappèrent de peu à un sort identique. Pour une fois, le bataillon Fantôme, trop piètre gibier, n'était pas la cible de la division. Lui qui avait échappé à tant de dangers mortels n'eut pas à affronter le pire ; le géant aveugle qui cherchait à se frayer un chemin vers le front eût pu l'anéantir d'un seul mouvement. Après avoir ravagé le sud du Périgord, la Corrèze et la Haute-Vienne, la division SS parvint, avec beaucoup de retard, sur le front de Normandie, où elle fut anéantie.

XXXI

LES RÉSISTANTS du Sud-Ouest étaient conscients de la responsabilité qui pesait sur leurs épaules. Le débarquement était un succès, bientôt les alliés fonceraient vers Paris ; en Italie, rien n'arrêtait leur progression vers le nord ; le midi de la France se vidait de troupes allemandes. Mais eux, ceux du Sud-Ouest, devaient libérer leur région eux-mêmes. Ce n'était pas pour leur déplaire : l'esprit d'indépendance qui les animait remontait aux plus belles heures des comtes de Toulouse. Tout en appelant de leurs vœux le raffermissement de l'unité nationale, ils constituaient une véritable « république » du maquis. Aussitôt passée la division blindée, la Résistance se jeta sur des troupes d'occupation en position défensive, mais pas encore en débandade.

Le 11 juin 1944, cent cinquante maquisards, issus de plusieurs groupes, décidèrent de libérer Mussidan, où l'on ne signalait plus qu'une quinzaine d'Allemands. La petite ville de cinq mille habitants était un objectif de choix, un point de passage obligatoire pour la route, le rail et la rivière. Et puis, ses citoyens martyrisés par la division Brehmer méritaient bien ce cadeau. Le colonel Tourniac envoya vingt hommes, sous les ordres du capitaine Yachvili. À 10 heures du matin, après avoir établi des barrages sur les principaux accès, ils investirent la ville. La défense allemande s'avéra plus rude que prévue. Une automitrailleuse en patrouille les prit sous le feu de ses armes. Son équipage, blessé, dut toutefois rompre le combat. Robert et son groupe, avec une trentaine d'autres patriotes, avaient gagné la gare ; on venait d'y signaler la présence d'un train de protection blindé. La locomotive fut immobilisée d'un coup d'arbalète électrique, mais une heure de combat et une dizaine de tués furent nécessaires pour détruire le convoi. Les militaires qui se risquaient hors des wagons étaient aussitôt fauchés par les fusils-mitrailleurs planqués derrière le talus. Deux FTP téméraires parvinrent à grimper sur le toit des fourgons et à lancer des grenades à l'intérieur et tout fut fini.

On n'eut guère le temps de fêter la victoire. Prévenu par radio, un ensemble hétéroclite de blindés – un char lourd, une chenillette et une automitrailleuse – tombèrent sur les résistants. Simples fantassins, ceux-ci en étaient réduits à tourner furieusement autour des véhicules, comme des mouches sur des taureaux. Fusillades, grincements de chenilles, hurlements de moteurs. Des partisans tombèrent, le groupe Tourniac perdit son camion. Tandis que Robert s'efforçait de mettre ses hommes à l'abri, Yachvili se déplaçait sans cesse, installant son Piat derrière un arbre ou l'appuyant contre une borne kilométrique, cherchant un angle favorable, sans égard pour les balles qui sifflaient à ses oreilles. Il courait sous le nez de l'automitrailleuse tel un torero devant la bête ; les Espagnols appréciaient en connaisseurs. Il réussit enfin à porter un coup fatal et le blindé explosa, libérant ses entrailles mécaniques. Pendant ce temps, un parti de FTP avait perforé la chenillette d'une roquette de bazooka, tuant ses occupants. Yachvili s'en prit ensuite au char d'assaut, mais les deux tirs au but ne firent qu'écorner son rempart d'acier, et il passa tout près de Robert, dans un grand bruit de ferraille, en mitraillant ses hommes.

Vers 11 heures, un nouveau train blindé entra en gare de Mussidan. Véritable forteresse sur rails, sa locomotive était protégée, à l'avant et à l'arrière, par deux wagons plats surmontés de sacs de sable et abritant des mitrailleuses lourdes sur pivots. À peine immobilisé, le dragon ouvrit le feu de toutes ses gueules sur les résistants restés sur les quais, et sur leurs positions en ville, visibles depuis le convoi. Au même instant, une unité motorisée contre-attaqua à l'entrée de la cité. Après une heure d'une lutte sans merci, les maquisards abandonnèrent la place, non sans avoir jeté à l'eau leurs prisonniers du haut d'un pont sur l'Isle. Les représailles allemandes furent à la hauteur de l'humiliation subie. En début d'après-midi, Hambrecht et ses policiers, El Fayed et ses phalangistes, étaient à pied d'œuvre. Maisons pillées et brûlées, civils brutalisés, trois cent cinquante personnes furent prises en otages et le maire de Mussidan roué de coups et torturé. Les nazis voulaient lui faire avouer où se cachaient les maquisards. Comme il ne parlait pas, on tua devant lui son secrétaire. Et comme il s'obstinait à ne pas dire ce qu'il ignorait, malgré les coups de botte et de crosse que lui assenait Hambrecht lui-même, il fut finalement abattu. Les otages furent séparés en deux groupes ; on mit à part les plus âgés. Cinquante hommes valides furent exécutés à la mitraillette, à bout portant, par les Arabes d'El Fayed qui ordonna ensuite d'achever les blessés.

Les Allemands et leurs supplétifs étaient engagés dans une lutte à mort, où le vaincu ne pouvait espérer la moindre grâce. La Dordogne était totalement isolée de la région, et Périgueux coupé du reste du département. En ce 12 juin 1944, au beau milieu d'un Périgord en insurrection, Hambrecht, El Fayed et leurs sbires décidèrent de fusiller pour l'exemple des résistants capturés, en plein centre de Périgueux, place Montaigne. Jusqu'à sa libération définitive, la capitale périgourdine connut les salves des pelotons d'exécution.

Yachvili, Robert et leurs hommes n'avaient pas subi de pertes à Mussidan, mais ils avaient perdu leur véhicule. Ils remontaient à marche forcée vers leur refuge de Thiviers. Le camp avait été rétabli à son emplacement initial, dans un canton tout juste pacifié. Ils avaient contourné Périgueux par le nord, après s'être dissimulés dans la forêt, se faufilant entre les patrouilles allemandes, et atteignaient le village des Piles, où ils avaient perdu quatre des leurs, le jour du débarquement ; il y avait moins d'une semaine de cela, une éternité.

Hambrecht n'avait jamais rencontré le colonel Tourniac, mais à force de lui courir après et de le manquer chaque fois, il s'en était forgé une sorte de connaissance intuitive et s'efforçait de raisonner comme lui. Le bataillon Fantôme l'obsédait, il voyait sa signature partout. Aujourd'hui, alors que tout semblait joué, il ne désespérait pas de l'anéantir. Il savait sa participation à l'attaque du train blindé de Mussidan et connaissait à peu près sa destination, mais il ignorait que seulement vingt hommes traqués remontaient vers Thiviers, les Boches sur les talons. Désirant coûte que coûte obtenir un résultat avant de laisser la place, Hambrecht engagea des moyens disproportionnés, lançant à leurs trousses les

Arabes de la Phalange et leur barrant la route avec des troupes allemandes et des miliciens.

Robert se rendit bien compte de l'ampleur de la chasse. À plusieurs reprises, au détour d'un chemin, ils avaient de justesse évité un barrage ou manqué d'être surpris par un véhicule. Ils avaient eu de la chance. Aux Piles, le piège se referma.

L'automitrailleuse les attendait, bien campée sur ses quatre roues. Des mouvements de troupes, des miliciens aperçus sur leur droite et leur gauche, les avaient poussés tête baissée sur le blindé et les deux camions bourrés de soldats allemands. Deux maquisards avaient été immédiatement abattus, et un troisième, blessé. Regroupés en cercle, au sommet d'un petit tertre qui dominait la route, ils se défendaient comme des beaux diables, faisant feu de toutes leurs armes. Ils avaient réussi à contenir les miliciens sur leurs flancs, leur causant de lourdes pertes. « Périgord Noir », faisant mentir l'injuste réputation de maladresse qui collait à la peau de ses compatriotes, accomplissait des merveilles avec l'un des deux FM. Mais les munitions s'épuisaient et ils savaient qu'un fort parti de phalangistes allait les prendre à revers. Les Allemands se déployaient à droite et à gauche, s'appuyant sur le blindé. Il fallait à tout prix faire sauter le bouchon. Une automitrailleuse, ça s'exécutait au lance-grenades, et tous connaissaient l'habileté de Yachvili à cet exercice. Mais Yachvili était mort, fauché par une salve au moment même où il mettait son Piat en batterie.

Trois hommes, dirigés par Pepe l'Espagnol, tentèrent de tourner le véhicule sur son flanc gauche. Robert vit la tourelle pivoter, la mitrailleuse cracher de brèves rafales et les trois maquisards tomber les bras en croix. Il prit son souffle, se remémorant l'époque où, troisième ligne de son équipe de rugby, il préparait un départ au ras de la mêlée. Il se revoyait, le ballon sous le bras, raffûtant le demi de la dextre, bousculant les trois-quarts d'un coup d'épaule et plongeant victorieusement dans l'en-but. Il courait vite, très vite. Débarrassé de toute théorie, de toute théologie, il devait se hisser au niveau de la pure action. Il se redressa et partit en zigzaguant, comme pour éviter le placage d'un défenseur. Des balles fusaient autour de ses pieds, faisant gicler des cailloux, sans l'atteindre. La tourelle du blindé, qui s'était détournée pour abattre les trois Espagnols, pivota à nouveau ; le servant avait senti le danger. Robert s'affala sur le Piat, sans prendre le temps de repousser le corps de Yachvili, et, presque sans viser, appuya sur la détente. Le mitrailleur allemand ne vit pas le résultat de sa dernière rafale. La grenade incendia son véhicule, le tuant instantanément avec ses camarades, dans un grand éclair de flammes.

Les résistants survivants se précipitèrent dans la brèche. En passant près de Robert, ils constatèrent qu'il était grièvement blessé. Dans leur fuite, ils emportèrent un homme, entre la vie et la mort, et qui délirait.

– Philippe... Thérèse..., appelait-il ; puis il reprenait inlassablement les paroles du sergent Inigo Jones : Des milliers de bateaux sur la mer... des milliers d'hommes sur la plage.... Des milliers d'avions dans les airs...

« La terre est libre et le ciel est ouvert. »

Épilogue

Le 25 août 1944 fut un jour de liesse à Périgueux. Six jours plus tôt, l'armée FFI, une compagnie du bataillon Fantôme en tête, avait délivré la ville, y proclamant la IVe République et abolissant l'État vichyste, avant de poursuivre, en Charente, les débris des troupes allemandes. Une foule immense, frissonnant de joie, d'excitation et de fierté, avait envahi les rues et les boulevards, où l'on avait rétabli la liberté de circuler, y créant une inextricable cohue. Fenêtres et balcons, reliés par des guirlandes et des banderoles à la gloire des vainqueurs, formaient une seule façade, une chaîne longue et légère, unissant la ville. Toutes les mains agitaient un drapeau tricolore imprimé à la hâte. Les bals naissaient spontanément sur les places publiques, mélangeant fraternellement musette et jazz américain en une sympathique cacophonie. Les radios, allumées en permanence et le volume à fond, annonçaient la libération de Paris.

Traversant la foule sans la voir, une femme toute vêtue de noir se présenta à l'évêché. Un secrétaire introduisit Mme de Vassal. Elle approcha ses lèvres de l'anneau épiscopal et Mgr Berteaux répondit en s'inclinant légèrement, marquant leur égalité sociale.

– Monseigneur, voilà plus de trois mois que mon fils Philippe, arrêté par les Allemands, a été déporté. Avec tous ces événements, je n'ai pas pu vous rencontrer plus tôt, mais je vous ai écrit. Avez-vous des nouvelles ?

– Hélas, madame, pas la moindre. L'Allemagne est en ruine et je ne parviens plus à communiquer avec mes homologues. Mais gardez espoir, on ne peut traiter un prêtre comme un prisonnier ordinaire.

Le prélat gardait les yeux baissés ; il était impossible de savoir s'il croyait ce qu'il disait.

– Je crains qu'il ne se soit laissé entraîner dans une sale affaire, soupira Mme de Vassal. Il avait un ami très proche, le père Vautier. Nous l'avions reçu à Sarlat. Un homme brillant, mais... très exalté.

– Très..., répondit l'évêque, mal à l'aise, qui caressait ses mains pour se donner une contenance.

– J'aimerais le rencontrer. Qu'est-il devenu ?

– Madame, nous savons que le père Vautier a rejoint la Résistance trois mois avant l'arrestation de votre fils. Depuis, nous avons totalement perdu sa trace. Je ne puis même affirmer qu'il est encore de ce monde. Il a totalement disparu.

Sarlat, juillet 2001 – mars 2002.

Postface

LE PLUS EXTRAORDINAIRE dans l'histoire de sœur Philomène, c'est qu'elle est rigoureusement vraie. Une religieuse et un prêtre, amoureux l'un de l'autre et qui deviennent amants, cela s'est déjà vu. Un curé patriote et volage, qui rejoint la Résistance et trompe sa maîtresse avec l'infirmière du maquis, cela ressemble au début d'une aventure romanesque. Et pourtant, tout est vrai. Folle de frustration, dévorée par la jalousie, la véritable sœur Philomène a bel et bien dénoncé les résistants à la Gestapo de Périgueux. Les lettres furent interceptées et l'habile libraire de Thiviers parvint à identifier l'écriture de la religieuse. Arrêtée par des résistants déguisés en policiers allemands, sœur Philomène avoua son forfait, sans chercher à minimiser ses responsabilités. Refusant les propositions qui lui furent faites pour sauver sa vie, elle déclara mériter la mort. Consulté, l'évêque de Strasbourg la renvoya devant le peloton d'exécution. Elle subit son châtiment avec un courage exemplaire.

Il est des moments où la vie dépasse largement la fiction, des moments inflexibles comme la fatalité, exigeants comme la nécessité, impératifs comme la destinée, où l'existence individuelle, le plus souvent guidée par des motifs étroits ou absurdes, rencontre le rouleau compresseur de l'Histoire. Le temps impose alors un ordre où le particulier devient le morceau d'un puzzle qui l'absorbe dans un plan général. Des êtres que rien ne prédisposait à cela se retrouvent au cœur d'aventures qui auraient pu inspirer Sophocle, Corneille ou Shakespeare. Des tranches de vie au dénouement souvent tragique deviennent naturellement le synopsis d'un film, l'intrigue d'une pièce de théâtre ou la trame d'un roman, sans qu'il soit nécessaire d'y ajouter un quelconque sel.

Partant de témoignages, le rôle du romancier se résume alors à animer des photos jaunies, à rendre vie et épaisseur à des personnages ayant existé tout en respectant leur anonymat, à faire rentrer leur histoire dans l'Histoire, à tenter de comprendre les subtiles mécaniques de l'esprit, ou, au besoin, à les reconstituer, à imaginer des pourquoi et des comment, des déroulements logiques et des fins possibles, à donner des couleurs à un cadre géographique, à évoquer l'ambiance précise d'un pays à une époque déterminée.

L'histoire de sœur Philomène est à la fois une réalité et un archétype ; elle touche à la commune aventure de l'amour et à un mythe universel. « Quand Mme Bovary devient Antigone », tel pourrait être le sous-titre de cet ouvrage. Ce livre est un roman, les noms des personnages, à l'exception du patronyme religieux de sœur Philomène, ont été modifiés pour donner à l'écrivain son indispensable liberté d'interprétation. Il est bien évident que toute ressemblance avec des personnes ayant existé ne saurait être complètement fortuite. Cet ouvrage est une fiction vraie ; la quasi-totalité des actions décrites, qu'elles soient le fait de la Résistance ou des Allemands et de la Milice, ont réellement eu lieu. Les violentes réactions de la presse collaborationniste et de la police allemande, suite à

« l'affaire Philomène », ainsi que le massacre du Pont-Lasveyras, sont conformes à la vérité historique. Le fourmillement de nationalités les plus diverses qui peuplèrent les rangs de la Résistance et de l'armée allemande, transformant le Périgord en une véritable tour de Babel, est tout à fait réel, tout comme l'inquiétante politique, mêlée de religion, qui amena Hitler à tenter un rapprochement avec l'islam, avec pour conséquence la mise en action d'une phalange nord-africaine en Dordogne.

Mais, si les événements rapportés sont authentiques, les caractères des personnages sont purement inventés. Ils participent à l'œuvre romanesque et ne sauraient avoir la moindre prétention à la biographie.

Mes remerciements vont à Guy Penaud, auteur d'une remarquable *Histoire de la Résistance en Périgord*, aux éditions Fanlac, qui m'a révélé le dramatique et singulier destin de sœur Philomène et m'a fourni un cadre historique précis pour ce roman. Je tiens également à remercier le capitaine Fred, pour *Bataillon Violette* et *Brigade Rac* (éditions Fabrègue), Dominique Richard et Anne-Marie Siméon, pour *Le Roman noir du Périgord*, chez Fanlac,

Jacques Lagrange, pour *1944 en Dordogne* (éditions Pilote 24), les membres de l'Association nationale des anciens combattants et résistants (ANACR Dordogne), pour *La Résistance en Dordogne, témoignages et documents*, et Henri Amouroux pour son incontournable *Grande Histoire des Français sous l'Occupation*, chez Robert Laffont.

Dans la même collection

Les textes de la collection Terre de poche nourrissent la mémoire collective à travers des histoires fortes, des récits de voyage, des documents historiques ou des chroniques intimes.

AGUILLON Arlette
La Maîtresse du moulin

ALIA Josette
Le Pensionnat

ANGLADE Jean
Le Pain de Lamirand
Les Mains au dos
L'Ivraie et le Bon Grain
Le Pays oublié
Le Chien du seigneur

AUBARBIER Jean-Luc
Les Démons de sœur Philomène

AUDIDIER Robert
Les Sentiers de traverse

BATUT Maryse
Les Monvalan

BESSON André
La Grotte aux loups

BICHELBERGER Roger
Les Années buissonnières

BORDES Gilbert
Le Chat derrière la vitre

BOUCHET Maurice
Les Souliers ferrés

BOUDOU Josette
Le Printemps d'Antonia
Les Grillons du fournil

BOURGEADE Justin
Tintinou, paysan

BOUSSUGE Micheline
Adieu lou païs
La Maison d'Anaïs

BOUTET Gérard
La Belle Ouvrage
Les Forestiers
Nos grands-mères aux fourneaux
Mémoires de femmes
Métiers insolites
Saisons paysannes

BRIAND Charles
La Batteuse
Le Seigneur de Farguevieille

CABROL Laurent
L'Enfant de la Montagne noire

Les Disparues de la Saint-Jean
Le Crime de la Noël

CALLEROT Geneviève
Les Cinq Filles du Grand-Barrail

CAPPEAU Marie Nicole
Le blé germe en hiver
La Mule blanche
Chantemerle

CASTELAIN Anne-Marie
Le Loup des marais

CHALEIL Léonce
Léonce, la mémoire du village

CHAMOUX Simone
La Passe-Vogue

CHANTELAUZE Jean-Louis
Clémentine

CHAUSSIDIÈRE Patrick
Pauvre Bougre

CHAUVIGNÉ Jean
Le Secret de Marie

CLÉMENT-MAINARD Michelle
La Fourche à loup
La Foire aux mules

COATMEUR Jean-François
Des croix sur la mer

COMBE Rose
Le Mile des Garret

CORNAILLE Didier
Les Gens du pays
Le vent des libertés soulevait la terre
Le Forgeron d'Éden

COSMOS Jean
La Dictée

DECK Olivier
La Neige éternelle
L'Auberge des Charmilles
Les Rumeurs du Gave

DIMITRIADIS Dicta
Le Nid de la hulotte

DODANE Michel
Les Enfants de la Vouivre
*Les Herbes noires (Les Enfants de la Vouivre**)*
*La Malédiction des Mouthier (Les Enfants de la Vouivre***)*

DOURIAUX Hugues
La Saison des vendanges (Les Gens de la Paulée)*
*Le Bois des Auriottes (Les Gens de la Paulée**)*

DUFOUR Hortense
Le Bois des abeilles
La Fille du saulnier
Ce que l'océan ne dit pas

DUPUY Daniel
Les Quatre Jeudis

DUTRONC Robert
La Maison des Chailloux

ÉVRARD René
et VIELZEUF Aimé
Comme le scorpion sous la lauze

EXBRAYAT Charles
Rachel et ses amours

FABRE François
et RICHARD Jean
La Bête du Gévaudan

FABRE Jean-Luc
L'Été des Fontanilles

FEUILLERAT André
La Clef des champs

FOURNIER LA TOURAILLE Jean-Pierre
Le Troisième Prétendant

FRONTENAC Yvette
L'Étoile rousse
La Soupe des autres

GAMARRA Pierre
Le Maître d'école

GARDI François
L'Atelier du vannier

GENEVOIX Maurice
Le Jardin dans l'île

GÉRAUD Roger
Le Pré derrière la grange

GIMBERT Yveline
L'Ombre des chênes

GLEIZE Georges-Patrick
La Vie en plus
Le Forgeron de la liberté
Un brin d'espérance
Le Sentier des pastelliers
Le Destin de Marthe Rivière

GOURGAUD Joseph
La Vallée des forges

GREMBERT Francis
Le Dernier Regain

GRIFFON Robert
Le Dernier Forgeron
Le Bedeau de la République

HEURTÉ Yves
Le Pas du loup

JAILLER Isabelle
La Ferme des hautes terres

JEURY Michel
La Classe du brevet
Le Crêt de Fonbelle

JUDENNE Roger
La Maison d'en face
Drôle de moisson

JULIEN Henri
La Bâtisse aux amandiers

LABORIE Christian
Le Chemin des larmes
L'Arbre à pain

LARDREAU Suzanne
Orgueilleuse

LAURENT Jean-Paul
La Ferme aux loups
L'Autre Montagne

LAVAL Henri
Le Chemin des souvenirs

LEMAIRE Philippe
Le Chemin de poussière

LE ROY Eugène
Jacquou le Croquant

LIMOUZIN René
Les Cèpes de la colère

LOUTY Pierre
Léonard, le dernier coupeur de ronces
Les Fiancés de la Briance

MALAVAL Jean-Paul
Les Encriers de porcelaine
La Rosée blanche

MALROUX Antonin
La Dernière Estive
Le Soleil de Monédière

MAMÈRE Noël
Les Forçats de la mer (Gens de Garonne)*
*Le Combat des humbles (Gens de Garonne**)*

MARCON Christian
Le Refus

MAURY Martial
Le Secret des Restiac

MAXIMY (DE) Hubert
Le Bâtard du Bois noir

MAXIMY (DE) René
Le Puits aux corbeaux

MAZEAU Jacques
Mensonges
La Ferme d'en bas
La Rumeur du soir
La Dénonciation
Le Retour de Jean
Le Pré aux corbeaux

MOUCHEL Jean
La Robe bleue d'Hélène
Le Fils d'Hélène

NÉDELLEC Gérard
L'École de monsieur Paul

NIGREMONT Georges
Jeantou le maçon creusois

NIQUET Gilberte-Louise
Le Destin des Vanbergh
Les Enfants du beffroi

PALET (DE) Marie
Le Sentier aride
La Tondue
L'Enfant oublié
Retour à la terre
Amandine

PERRÈVE Paul
Les Galoches rouges
La Burle

PEYRAMAURE Michel
Le Bonheur des Charmettes
Le Château de la chimère
Les Flammes du paradis

POURRAT Henri
et L'OLAGNE Jean
Sur la colline ronde

PÉLISSIER Patrice
L'Ange et le Loup

PINCE Jacques
Les Blouses grises

PLUCHARD Mireille
Le Petit Bâtard

PRORIOL René
Antoinette

PUIJALON Bernadette
Le Moulin des retrouvailles

QUEREILLAHC Jean-Louis
La Moiss-batt (Trois Sillons de terre rouge)*
*Rouge est ma terre (Trois Sillons de terre rouge**)*

RABUTEAU Pascal
Les Faveurs de Sophie

REY Georges
Le Bal des sabots
La Montagne aux sabots

RIBES Georges
Les Gens de la vallée

ROSSET Jean
Les Porteurs de terre

ROUANET Marie
Nous les filles
Quatre Temps du silence

ROUANET Marie
et JURQUET Henri
Apollonie

ROUIL Jacques
Les Rustres

ROUQUET Jean
L'Enfant de la Borie

SAND George
La Mare au Diable

SELO Joël
Les Vieux Démons

SORDELLI Jean-Claude
Le mal rôde

SOURY André
Le Pain blanc

SOYEZ Jean-Marc
La Tuile à loups
Au café de l'Église
Les Galoches de Julia

STEVENSON Robert Louis
Voyages avec un âne dans les Cévennes

TAMAIN Louis
L'Encre violette
Le Temps de l'école

THIROLLE Jérôme
Les Doigts d'or d'Élise

TISSERAND Pierre
L'Arbre au pendu

TOUPET Armand
La Bouzoute

VALETTE Paule
La Meule éclatée
Les Jours derrière la montagne

VAN DER MEERSCH Maxence
L'Empreinte du dieu

VENTRE Julien
Julien, berger des collines
Julien des collines

VERDIER Henri
Les Lentilles vertes

VERRIER Michel
Là où les chèvres sont pires que les loups
La Taille de la Saint-Vincent
Les Vignes du bout du monde
La Ferme des Pitaval
Le Mystère de Millepertuis
Le chien qui faisait peur au diable

VIGOULETTE Daniel
Les Ombres du Léman

VINCENT Claude
Les Roses de l'hiver

VITTÉ Louis-Olivier
La Servante
L'Enfant de la rivière
La Vallée des illusions